殲滅魔導の最強賢者
Senmetsumadou no Saikyokenja
無才の賢者、魔導を極め最強へ至る
3
著 進行諸島
ill. 風花風花

この下だ、——下りるぞ。
[第3工房]
ガイアスが数多く所有する工房の1つ。
『熾天会』との戦いに備えて新たな武器を作るため、
ユリルたちを連れて地下へと向かう。

はい！
ぷぎゃっ

この島に『熾天会』が……？

[熾天会 ギアルス支部]
『熾天会』の支部へと転移したガイアスたち。
眼前には広大な島が広がり、
侵入者を阻むための強固な転移阻害魔法が施されていた。

【イア・メテオ】
――発動します!!

まだまだ
モノたりねぇ!!

CONTENTS

Senmetsumadou no Saikyokenja

殲滅魔導の最強賢者3

無才の賢者、魔導を極め最強へ至る

進行諸島

GA文庫

紋章辞典 Senmetsumadou no Saikyokenja

◆第一紋

初期状態で戦闘系魔法の使い手として最強の紋章。だが、成長率や成長限界が低く、鍛錬した他の紋章には遙か及ばず、８歳頃には他の紋章に追いつかれ、成人する頃には戦力外になってしまう。一方、生産系に特化したスキルを持ち、武具の生産や魔物を避ける魔法などに長けるため、サポート役としても重宝される。

第一紋を保有する主要キャラ：ガイアス

◆第二紋

威力特化型の紋章。初期こそ特筆すべき点がないが、鍛錬すると魔法の威力が際限なく上がり、非常に高火力の魔法が放てるようになる。一方、威力は高いが連射能力はあまり上昇しない。弓などに魔法を乗せて撃つことで、貫通力や威力のさらなる向上が可能。他の紋章でも同じことは可能だが、第二紋には遠く及ばない。

第二紋を保有する主要キャラ：ユリル

◆第三紋

連射特化型の紋章。初期状態では低威力の魔法しか放てないが、鍛えることで魔法の威力と連射能力が上がり、絶え間ない攻撃によって敵を制圧することができる。限られた魔力を狭い範囲に集中させることができるため、持久戦などにおいても凄まじい力を発揮する。

第三紋を保有する主要キャラ：ー

◆第四紋

近距離特化型の紋章。魔法の作用範囲が極めて狭いため、遠距離では戦えないが、近距離戦では第二紋の威力と第三紋の連射性能、魔法発動の速さを兼ね備えた最高戦力となる。扱いが難しい紋章ではあるものの、使いこなすことさえできれば最強の紋章だと言われている。

第四紋を保有する主要キャラ：ロイター

第一章

chapter 1

「ここだ」

俺《おれ》はそう言って、見慣れた風景を見る。

そこには何の変哲《へんてつ》もない、ただの岩山があった。

『第3』とあるとおり、ここは俺が作った工房の中で三つめのものだ。

100個以上の工房を持っている俺にとっては、かなり古い部類に入る工房だが……中身だけで言えば、この第3工房は俺の工房の中でもかなり新しい部類だ。

正確に言えば、新しい部分も古い部分もあるのだが。

数え切れないほどの増改築を繰り返した結果、この工房は無数の区画を持つ、一種の地下迷宮（魔物はいないが）と化しているのだ。

古い区画もそのまま残っているし、新しい区画には最新鋭の設備が置かれているのだが……

今回に関しては、比較的古い設備を使うことになりそうだな。

「工房って……何もありませんけど……」

「ただの岩山に見えるな。魔力反応も普通だ」

「普通の岩です！」

岩山を見て、ユリルたちがそう呟《つぶや》いた。
3人の言うとおり……これは魔力反応も見た目も、普通の岩だ。
魔道具一つ転がっていない、ただの無人島に見えることだろう。

「まあ、そう見えるように偽装しているからな」

俺はそう言って、岩に向かって魔法を発動する。
それ単体では、何の効果も持たない……無意味に魔力を放出するだけの魔法だ。

だが、変化は起きた。

岩山がゆっくりと二つに割れ……その間から、直径10メートル近い穴が姿を表した。

穴の底は深く、ここからは見通せない。

「下りるぞ。着地に気をつけてくれ」

俺はそう言って、穴へと飛び降りる。

「わ、分かりました！」

「階段とかはないんですね……！」

「ま、真っ暗です……！」

そう言って3人が、俺の後に続いて飛び降りてくる。

そして、しばらく自由落下した後……俺たちは、穴の底へと着地した。

「ぷぎゃ！」

どうやらイリスは着地に失敗したようだ。

まあ、人間の姿には慣れていないだろうから仕方がないか……。

人の姿を取っているとはいっても、暗黒竜が重力ごときのせいでダメージを受けるわけもないので、着地に失敗したからといってどうということはないのだが。

ユリルとロイターは、問題なく着地に成功した。

たかが自由落下で怪我《けが》をしているようでは魔法戦闘師は務まらないので、階段などは不要だというわけだ。

「さあ、ここが本当の入り口だ」

地下に下りた先には明かりがついていて、そこには一つの巨大な門があった。

門には『ガイアス第3工房』と書かれている。

「これは……強力な転移阻害ですね」

「ああ。工房の中に転移することも、工房から外に転移することもできないから気をつけてくれ」

工房は盗難などの対策として、転移阻害魔法を常時展開している。

俺の転移魔法だけは防がない仕様になっているが、ユリルたちの転移魔法は使えないというわけだ。

一応、魔法の構成を変更すれば仲間たちの転移魔法も通すようにできるのだが……誰《だれ》かが洗脳されたり裏切ったりする可能性が完全にゼロとは言えない以上、転移できるのは俺だけにしておくのが無難だろう。

魔法戦闘師だけが相手ならともかく、【理外の術】やら熾星霊《しせいれい》やらが敵になる可能性もあると考えると、最大限の警戒はしておくべきだ。

「迷子にならないように、気をつけないといけませんね……」

「迷子の心配はいらないぞ。内部の生体反応はすべて自動でモニタリングしているから、見失う心配はない」

「そ、そこまでしているんですね……。盗難対策ですか？」

「盗難だけというわけではないが、まあ念のためだな。一応、この工房自体の場所を隠しているから、簡単には侵入されないと思うんだが……念のためというやつだ」

当然ながら、壁や入り口の扉などにも、極めて厳重な魔法的防御を施している。

この入り口が深い穴の底にあるのは、その魔法的防御の痕跡を隠すためだ。

魔法による隠蔽《いんぺい》はどうしても不自然さが出る面もあるので、単純な距離を使った隠蔽……『深い穴の底に埋める』などという素朴な方法は、案外馬鹿《ばか》にならない。

まあ、もちろん単体で安心できるほどの代物ではないが、防御機構の一つとしては悪くないだろう。

「じゃあ、さっそく中に……と言いたいところだが、その前に少し魔法をいじらないとな」

「……工房に入るのに、特別な魔法が必要とかですか？」

「いや、迎撃魔法の設定変更だ。うっかり迎撃魔法が作動すると、イリスでも一瞬で蒸発することになるからな。……ここにいる全員は、迎撃対象から外しておく」

侵入者対策の一つとして、この工房の内部には迎撃用の攻撃系魔道具が設置されている。敵らしき魔力反応を察知すると、その迎撃システムが作動し、数百種類もの攻撃魔法が侵入者を消滅させにかかる仕様だ。

ユリルたち3人の中で最も頑丈なのはイリスだが、この迎撃システムが相手となると、イリスも普通の人間と大して変わらない時間で消滅することだろう。

もちろん、そんなことはしたくないので、3人を迎撃対象から外したというわけだ。

一応、解除し忘れとかで関係のない人間を迎撃しないようには設定してあるのだが……ちゃんと設定しておかないと、うっかりイリスあたりが魔道具を蹴飛《けと》ばしたような時に、敵対行為とみなされかねないからな。

「イリスさんが蒸発……」

「一体、どんな迎撃システムだよ……」

「……威力はものによるが、一番デカいのを地上で発動させれば、この世界の文明は壊滅するな」

ちなみに基本的に迎撃システムはその敵だけをつぶす形になっているのだが、それができない場合にはより過激なものが使われることもある。

対象の脅威度によって、どんなものが使われるかは違うが……最終手段としては、この工房の防御魔法すら耐えられないような超大規模爆発《ばくはつ》魔法によって、工房ごと吹き飛ばすようなものまで存在する。

地上で発動すれば文明崩壊レベルの代物だが、工房の防御力で威力を減衰させることによって、被害を小さくしている。

まあ、アレが作動した場合、工房の周囲数百キロは無事では済まない上に、放っておくとこの星は氷河期を迎えてしまうので、できるだけ遠くに逃げた上で気候調整などを行わなければならないのだが。

「一体なにと戦っているんですか……？」

「主に熾星霊や【理外の術】との戦いに備えて作ったものだな。魔物相手なら不要な威力だが、【理外の術】が絡《から》んでくるとなると、どれほどの力を持った敵が現れるかは分からない。準備はしっかりとしておくに越したことはないだろう」

もちろん俺だって、いたずらに氷河期を起こすつもりはない。
だが敵の強さによっては、放っておけば普通に文明を滅ぼされる可能性はあるだろう。
そういう魔物をなんとかして工房におびき寄せて、工房ごと爆破《ばくは》して倒すようなことができれば、氷河期を起こす甲斐《かい》もあるというものだ。
文明崩壊と、後から調整の利く氷河期であれば、氷河期のほうがずっとマシだしな。

「よし、設定変更は終わったぞ」

「……大規模な防御設備の割に、変更には時間がかからないんですね」

「最初から、入場許可の対象は後から変更できるように作っておいたからな。これで間違って蒸発させられることはないから、安心してくれ」

「そ、それは安心できますね……」


などと会話を交わしながら、俺は鍵《かぎ》代わりの魔法を発動する。

すると……厚さ数メートルもある扉の入り口が、音もなく開いた。


「ようこそ、第3工房へ」


扉の中には……たくさんの魔道具が、雑然と転がっていた。

この入り口付近は、工房の中で最も広く古い……倉庫区画だ。

重要な品を保管する倉庫は奥にあるが、しっかり管理するほどでもないものに関しては、このあたりに転がっている。

目当てのものを地力で探すのはなかなか大変だが、物探し用の魔法もあるため、置き方は適当で構わないのだ。

別にいくつかなくなったとしても、このくらいなら新しく作ればいいしな。


「あっ！　この石きれいです！」

イリスは倉庫に入るなり、そう言って魔道具を拾い上げた。

至って平凡な炎系の広域殲滅《せんめつ》魔法の魔道具だが、基になった魔石が珍しい緑色で、透明度が高いので、たしかに宝石としてはきれいかもしれないな。

「欲しかったら持っていくか？」

「いいんですか⁉」

「……念のためにお聞きしますが、これは何の魔道具ですか？」

俺が魔道具をイリスにあげようとすると、ユリルがそう尋ねた。

この程度の術式であれば、ユリルでも読める気がするが……もしやユリルは、魔道具学にはあまり詳しくないのだろうか。

「何の魔道具に見える？」

「……炎系の、広域殲滅魔法に見えますが……違いますか？」

ユリルは不安げな顔だが、そう呟いた。
どうやらちゃんと分かるようだ。一安心だな。

もしユリルがこの程度の魔道具も理解できないようだと、魔道具学についても教えなければいけなかったところだ。
ユリルの紋章を考えると、自分で魔道具を作るようなことはないだろうが……敵が魔道具を使ってくるようなこともあるので、魔法戦闘師としても最低限の知識は欲しいところだしな。

「合ってるから安心してくれ」

「安心じゃありません！　そんな気軽に広域殲滅魔法の魔道具を渡さないでください！」

……気軽に広域殲滅系の魔道具を渡してはいけないのか。
昔は問題なかったと思うんだが、しばらく人里離れた場所で実験をしている間に、なにか制度でも変わったのかもしれないな。

一応、今の人間社会には俺よりユリルやロイターのほうが詳しいだろうし、従っておくか。

「ちょっと貸してくれ」

俺はそう言ってイリスから魔道具を取り上げると、内部で適当に魔力を暴《あば》れさせる。

すると……魔石に刻まれていた魔法陣は粉々に砕け散り、意味をなさなくなった。

「よし、これでただの石だ。渡しても問題ないだろう」

「わーい！　綺麗《きれい》な石です！」

何の効果もなくなった魔石を手渡されて、イリスは嬉《うれ》しそうにした。

まあ、元々が貴重でもなければ大した使いみちもないガラクタなので、あげてしまって問題ないだろう。

確かちょっとした実験のために１００個くらい作ったものが、実験の後で何個か残ったから置いておいただけのものだしな。

「今、サラッと戦略級の魔道具を壊しましたよね……」

「国家間のパワーバランスを崩しかねない代物を、まるでゴミみたいに……」

「いや、さすがにこれ1個じゃ国どうこうの話にはならないだろう……そもそも、このくらいの物ならいくらでもあるぞ」

俺はそう言って、周囲を見回す。

同じ実験の残りと思しき魔道具もいくつか転がっているし、魔道具としてのパワーで言えば、今壊した魔道具はここにあるものの平均以下だろう。

そもそも広域殲滅系の魔道具は、あまり戦闘には向いていない。

強力な敵を倒したい場合、攻撃範囲が広いせいで威力の分散してしまう魔道具は非効率だからだ。

敵がどこにいるか分からないような状況では多少の使い道があるかもしれないが、まともな魔法戦闘師であれば結界魔法1枚で防がれてしまうし、広域殲滅魔法すら防げないような敵をいくらまとめてつぶしたところで、『国家間のパワーバランスが崩れる』などというような話にはならないだろう。

「普通に崩れると思いますけど……確かによく見てみると、他にもっとヤバそうなものがたくさん……」

「ああ。……ここまで大きい魔石自体、めったに見かけないが……それ以上に、刻まれた魔法陣が複雑すぎる……」

「それ以前に、こんな量の魔力を秘めた魔石って何からとれるんでしょう……？」

魔道具を見て、ユリルとロイターがそう呟いた。

……これは何かのドラゴンの魔石だったと思うが、どんなドラゴンだったかは忘れてしまったな。

恐らく、大したドラゴンではないだろうし。

とはいっても、天然でこんな量の魔力を含む魔石があるわけではないのだが。

「こういうのを作る時には、付与魔法の前に魔力を追加するんだ」

「ま……魔石に魔力なんて足せるんですか⁉」

「当然足せるが……そうじゃなかったら、どうやって魔法機関を作るんだ？」

多くの魔道具は、効率や扱いやすさなどの関係で、一つの魔石だけを使って作られる。
戦闘用の魔道具に限っては、ほぼ１００％と言っていい。
出力の面でも、複数の魔道具を組み合わせるのは逆に不利だしな。

だが、戦闘用以外の用途……特にコストや長時間稼働を重視する場合だと、多数の魔道具を組み合わせて作られるものがある。
それが魔法機関だ。

魔法機関には、出力効率の悪さや構造の複雑さ、壊れやすさなど様々な特徴があり、そのほとんどはデメリットなのだが……一つだけ大きな特長がある。
それは、外部からの魔力供給によって動くことができるという点だ。

しかも人間の魔力ではなく、安価なクズ魔石や使い終わった魔道具、付与が失敗した魔道具などからも魔力を抽出して動かすことができるため、大型の輸送機械や産業用魔道具などといった用途では重宝されていた。

これは魔石が、外部からの魔力供給を受けられるからこそ作れるものだ。

魔法機関は別に特殊な技術というわけではなく、ちょっと大きめの魔道具メーカーなら割とどこでも作っているような代物だし、魔石に魔力を足すこと自体は普通だろう。

「確かに魔法機関はありますけど……アレって、魔石が元々持っている魔力以上は入れられないですよね？」

「魔力圧の低いクズ魔石とかを魔力源にする、普通の魔法機関の場合はそうだな。だが魔力を高圧縮して魔石にねじ込めば、入らないことはないぞ」

「……どれだけの魔力圧が必要なのかは、なんとなく想像がつきました」

そんな事を話しながら進むうちに、俺たちは目当ての区画のうちの一つめにたどり着いた。

俺が持っている魔道具の中では比較的使い道の多い、だが普段使いするというほどでもない魔道具が保管されている区画だ。

万物殲滅系の魔道具などは、だいたいこのあたりにある。

「こ、ここにある魔道具は、一段とヤバそうだな……」

「まあ、前の区画よりはだいぶ強いものが多いな。今回使う魔道具は、だいたいこのあたりにあるものが多い」

俺はそう言って、使いそうな魔道具を次々と移動魔法で引き寄せて、収納魔法に放り込んでいく。

万物殲滅系、環境操作系、通信妨害系、転移阻害系……などなど、何かと便利な魔道具たちだ。

こういった系統の魔道具も、ある程度は普段から収納魔法に入っているのだが、効果範囲や強度などの関係で、今回の戦いに最適なものは入っていなかった。

というのも、収納魔法は中に入れたものが増えれば増えるほど、魔法に使用可能な魔力が減ってしまう。

収納魔法というものは、自分の魔力の中に収納空間をつくるようなものなのだ。

そのため、収納魔法に入れるものは、必要最低限にしておくのが基本だ。

準備ができるような戦い、準備が必要な戦いで使うようなものは必要な時に取りに来ればいいので、収納魔法には非常用程度にしか魔道具を入れていない。

入れている魔道具も、良くも悪くも万能で特徴もないような代物ばかりのため、状況によっては物足りなさを感じる性能の物が多いのだ。

荷物を減らそうとすると、やはり尖《とが》った性能の魔道具は入れにくいからな。

まあ、今回に関しては目的がはっきりしているので、必要な性能に特化した魔道具を持っていけばいい。

特に転移阻害に関しては、【理外の術】によって突破されないような物を使う必要がありそうだが……転移自体は恐らく【理外の術】ではなく魔法を使って行われるので、破壊にだけ気をつければいいだろう。

【純粋理外】による破壊に耐える魔法……というのは現実的ではないので、魔道具の場所を絞らせないような偽装を重視した魔道具がよさそうだな。

とはいえ時間をかければ場所を絞り込むのは難しくないため、数を使って時間を稼ぐことにする。

魔道具が全《すべ》て壊される前にカタをつければ、それでいいというわけだ。

「さて、魔道具はこれくらいでよさそうだな。次は武器だが……こっちは作る必要がありそうだな」

「ガイアスさんが私たちのために武器を……ありがとうございます！　魔法戦闘師で、羨《うらや》ましがらない人はいないでしょうね……」

通常の魔道具であれば、特化型の尖ったものも含めて色々と作り置きがあるが、武器は魔法戦闘師に合わせて専用に作るのが基本だ。

そのため、ありあわせの物というわけにはいかないだろう。

まあ、さほど複雑な武器を作るつもりはないので、時間はかからないしな。

「……ガイアスといえば本人の強さが一番有名だが、考えてみれば第一紋なんだよな……」

「ああ。紋章的には、むしろ生産系魔法のほうが得意分野だ。戦闘には向いていない」

「向いていないというのは、嘘《うそ》だと思うが……」

俺が戦闘に向いていないというのは嘘ではない。

いろいろな努力や工夫によって補ってはいるものの、俺の紋章の性質は今まで、俺にとって一番の課題であり続けた。

もっと戦闘向きの紋章……特に第四紋などを持っていたら、俺は今より遥《はる》かに強かったはずだ。

などと考えつつ歩くうちに、俺は工房の中にある生産設備の一つへとたどり着いた。

比較的古い、単純な設備だが、単純なものを短時間で作るのには向いている。

「ついたぞ。ここで武器を作る」

「これは……見たこともない装置です。すごく高度な魔法機械ですけど……これは武器を作るための物ですか？」

「いや、これはただ安定した環境で、できた物を保管するための設備だな。時効硬化が起きるような金属で使うんだが、今回は使わない」

一部の金属などには、成形したあとも時間とともに結晶や魔法的結合の構造が変化し、強度や魔法的性質が変わっていくようなことがある。時効硬化などと言われる減少だ。

その変化の仕方は周囲の環境によって異なるため、最適な変化をさせるためには、こういった方法で環境を整えてやる必要があるのだ。

「そ、それだけのために、こんなに複雑な魔法機械を……?」

「ああ。温度やら魔力の流れやらを最適な状態で維持しようと思うと、それなりの設備が必要だからな」

もちろん、普通に空調設備などを使って環境を維持するだけでも、こういった専用設備と大差ない効果は得られたりするのだが……小さな差が戦闘の結果を左右するようなこともあるので、こういった代物を用意しているわけだ。

俺の紋章は、全く戦闘向きとは呼べない代物だからな。

せめて他の部分で戦闘能力を補うために、あらゆる手を尽くしているというわけだ。

この第3工房にある生産設備の全ては、そのために自作したものだ。

扱いやすさなどの点では、市販品の設備にもメリットはあるのだが……やはり性能では見劣りするからな。

他人に使わせるのなら、もう少し扱いやすい設備の方がいいかもしれないが、自分しか使わないのでこれで問題ないというわけだ。


「さて、まずはユリルの杖《つえ》からいくか。2本作るぞ」


俺はそう言って早速、魔道具を作り始めた。

どんな武器を作るかは、すでに決めている。

普通なら武器を作るときには、使う本人の要望を聞くものなのだろうが……今の本人にとって使いやすい武器だと、今の戦い方の延長線上のものにしかならないからな。

2人には今とは比べ物にならないほど強くなってもらう必要があるので、戦い方を大きく変えてもらう必要がある。

今回の武器作りは、そのための準備なのだ。

……まあ、どちらかというと重視しているのは将来の戦い方で、1本目の武器自体は割と普通……というか、今と似たような戦い方をするためのものなのだが。

「とりあえず、1本できたぞ」

俺はそう言って、完成した杖をユリルに差し出した。

単純な魔法陣を一つ刻んであるが、それ以外は何の変哲もない杖だ。

材質はオリハルコンをベースとして、何種類かの希少魔法金属を混合……まあ、オーソドックスで、よくも悪くも普通の構成だな。

「は、速い……！」

「単純な構成だからな。特殊な使い方とかもないから、まあ戦いながら慣れていくといい」

「……この杖、ものすごく複雑な魔法陣が刻んである気がするんですけど……」

複雑な魔法陣……？

俺が作った杖には、ごく単純な魔法陣しか刻んでいなかったはずなのだが、もしかして違うものを手渡してしまっただろうか。

そう思って確認してみるが、やはり普通の魔法陣しか刻まれていない。

「これのことか？」

俺はそう言って、杖の中心付近に刻まれた魔法陣を指す。

俺が武器に刻む魔法陣としては、最も単純な部類に入るものだ。

複雑にすれば強力なものは作れるのだが、あえてこれは単純にしてある。

「そうです！　この魔法陣です！」

「……杖に刻む魔法陣としては、すごく単純なものだが……」

これを複雑だと感じるとは、今までどんな杖を見てきたのだろう。

そもそもユリルの杖は元々なんの付与も施されていないものだったはずだ。

などと考えていると、理由に思い当たった。

考えてみると魔法使いの武器で魔法陣が付与されたものなど、俺が作ったもの以外では初心者用の『炎弾が出る杖』などしかなかった気がする。

恐らくその理由は、杖に刻む魔法陣は、一般的な付与魔法ではダメだからだ。

剣のように直接敵に当たる武器であれば【斬鉄】や【靭性強化《じんせい》】といった魔法を付与しておけば、とりあえず役に立つ。

こういった術式はユリルの杖とも比較にならないほど単純なので、極めて簡単に付与できる。

そのため剣などの武器では、魔法陣を付与していないもののほうが珍しい。

だが杖となると話が変わってくる。

物理攻撃と違って魔法には、『これを使っておけば役に立つ』というような付与が存在しない。

あらゆる魔法の威力を一律で上げる魔法陣などはないのだ。

最もメジャーで使い道の多い魔法というと、炎弾や結界魔法だろうが、これはわざわざ杖に付与する意味が薄い。

そもそも、まともな魔法使いであれば、その程度の魔法は地力で放つことができるのだ。ないよりはマシかもしれないが、魔法陣を刻むことによって杖の単純な性能（魔力の通しやすさ、魔力的ノイズの小ささなど）はわずかとはいえ低下するため、デメリットのほうが多いといっていい。


というわけで、素朴な魔法付与はあまり杖と相性がよくない。

通常の魔法ではなく、『杖に刻む専用の魔法』でなければ、大した効果は発揮できないというわけだ。

イリスの杖に刻んだ、魔法構築をやりやすくする魔法陣などは、まさにその一例だな。あれも杖以外では使いみちのない魔法だ。

「ま、全く単純には見えませんけど……どんな武器ですか？」

「魔力操作の高速化だ。杖の周囲での魔力の動きを補助する魔法で、構築を強制的に速くする」

こういった魔法を付与したものに限らず、魔法使いの杖の役目の一つは『魔法の構築を補助すること』だ。

空気より遥かに魔力容量、魔力伝導性のいい金属は、魔法を構築する際に魔力の通り道として最適なものになる。

もちろん、杖の中だけで構築できるほどコンパクトな構成をした魔法などほぼないのだが、魔法を構築するための魔力を広げるのに役に立つという点で、杖を使うことには意味がある。

特に、扱う魔力量が大きくなればなるほど、空気の魔力伝導性の悪さというのが魔法構築の邪魔をしてくるので、杖を使うのと使わないので発動時間にだいぶ差が出てくるのだ。

杖なしでも魔法の発動自体はできるにもかかわらず、多くの魔法使いが杖を使うのには、そういう理由がある。

だが杖は基本的に棒状をしていて、その外での魔力の動きには影響を及ぼすことができない。

巨大な球状の杖でもあれば、魔法は組みやすいかもしれないが……持ち運びに不便すぎるからな。

一応、盾の形をした『杖』もあることはあるのだが、やはり長さがあったほうが有利だということで、基本的には棒状のものが使われている。

そして……この杖はその補助の範囲を、杖の外にまで拡大したものだ。

ある意味、球体の『杖』に近いものかもしれない。

まあ、その構築補助の強度自体も、単なる魔法金属とは桁違《けたちが》いなのだが。

この杖は単に魔力を通しやすいというだけではなく、無理やりに魔力を動かすからな。

「構築を強制的に速くする……そんなことができるんですか？」

「ああ。試しにこれを持って、適当な魔法を組んでみてくれ。魔力を多めに使うと分かりやすいはずだ」

「わ、分かりました……！」

そう言ってユリルは、魔法を組み始める。

そして……魔法が完成もしないうちに、驚きの表情で声を上げた。

「魔力が……軽く感じます！」

「それが杖の効果だ。正確には魔法操作力が上がってるだけなんだけどな」

物体に重さがあるのと同じように、魔力にも魔法的な意味での『重さ』というものがある。

とは言っても、魔力に対して重力が働くわけではない。

台車などで重力の影響を排除していても、重い荷物は相応に動かしにくいし、止めるのも難しい。

この『動かしにくさ』こそ『重さ』というものの正体だ。

そして物体の速度（正確には加速度だが）が『動かす力』と『重さ』のバランスで決まるのと同じように、魔力の速さも『動かす力』と『魔力の重さ』のバランスで決まる。

基本的にどんな魔法使いであっても、同じ量の魔力は同じ重さでしかない。

ユリルやロイターの魔力も、俺の魔力も、同じ量なら同じ重さだ。

そのため魔法の構築速度の限界は、『魔力を動かす力』の大きさによって変わることになる。

同じ魔法であっても、大量の魔力を使って組もうとすると時間がかかるのは、その『重さ』

が理由だ。

単純な術式を使ったり、魔法構築の技術が上がったりすれば魔法を組むのは速くなるが、魔力を動かす速度という限界には抗《あらが》えない。

「魔法操作力が上がる……そんな方法、聞いたことありませんけど……」

「そうか？　似たような力を持ったモノは、一般にも流通していた時期があったはずだが」

「どこの世界の『一般』ですか……。そんなものがあったら、とっくに国宝とかになっていると思います……」

ユリルがそう言って、呆《あき》れ顔をする。

……今回話しているものは、国宝とかじゃないんだけどな。

そのへんの街で、（値段はともかく）買おうと思えば簡単に買えたようなものだ。

「……もしかして、『魔神薬』のことか？」

「当たりだ。実際にあの薬は、魔法操作力を強化する。……使ったことはないけどな」

「あんまりいいイメージがないんだが……あれを常用していた魔法戦闘師は、みんなつぶれたって聞くぜ」


魔神薬。

似たような名前のついた薬はいくつかあるが、この薬はその中でも特に有名なものだろう。

何しろ、ただ飲むだけで魔法操作力が向上するのだから。

もちろんそんな薬が簡単に使えるのなら、誰でも使っている。

実際あの薬が作られ始めた頃には、割とどこの街でも見かけたし、使っている魔法戦闘師も多かったはずだ。

そんな魔神薬が、あまり使われなくなった理由は、副作用の強さだ。

魔神薬は強い効果の代わりに、使い続けると体内の細胞や魔力回路、骨などが脆《もろ》くなっていく副作用があったのだ。

一度使うくらいなら大した問題にはならないことが多いのだが、使い続けると魔力回路のみならず全身にこまかい損傷が蓄積し、最終的には魔力回路の破壊に至る。

まあ、魔力回路の破壊で済むのであれば運がいいほうで、下手に魔力回路が耐えてしまったばかりに他の内臓などが壊れるまで薬を使い続けてしまい、死に至ったケースも少なくないようだ。

そうなる前にやめておけばいい、という話もあったのだが、一度強化した魔力操作に慣れてしまった魔法戦闘師が以前の状態に戻って戦うというのは、なかなかに難しい。

やめようと思いつつもやめられずにつぶれていった魔法戦闘師も、数知れないと聞く。

また……1回だけなら大した問題にならないことが『多い』というのが問題で、まったくないというわけではなかった。

薬は魔法操作力を強化するが、別に薬自体に魔道具が仕込まれていたり、魔法的な能力があったりするわけではない。

魔神薬はただ単に、人間の体に秘められた魔法操作力を限界まで引き出し、強い魔力操作を実現するだけのものだ。

ただでさえ薬で脆くなった魔力回路がその力に耐えられず、たった一度の使用で魔力回路が崩壊する……などという例もあったようだ。

と、このように欠点の多い薬ではあったのだが、効果自体は本物だった。

強制的に引き出された力による負担も、魔力回路が脆くなるという副作用さえなければ、よほどの無理をしなければ魔力回路が回復不能な傷を負うこともないだろう（魔法戦闘師というのはその『よほどの無理』をしがちな人種でもあるのだが、それは一旦《いったん》置いておく）。

そのため、魔力や体が脆くなるという副作用を取り除くために研究を行っていた者もいたようだが……成功しなかったようだ。

まあ、あの薬の作用機序《さようきじょ》からして副作用は取り除けないものなので、仕方がないのだが。

俺が魔神薬について知ったのも、いくつかの国から『魔神薬の副作用を取り除けないか』という質問が来たからだしな。

……とは言っても、あのタイプの薬では理論上不可能なので、他の方法を使って魔神薬の代用品を考案したのだが……『作るのが難しすぎる』とか言って、どこの国も使わなかったんだよな。

副作用のない魔神薬としては、可能な限り簡単な製法になるように考えたはずなのだが。

「そもそも、魔神薬は法律で禁止されましたしね……」

「ああ。なんか急にあちこちの国が、一斉に禁止し始めたんだよな。もう使える国はないんじゃないか？」

「最近見かけないと思ったら、禁止されてたのか……」

まあ、改良版が作れないとしたら、妥当なところではあるか。

強い魔法戦闘師ほど、さらなる強さを求めるようなことは多いし、それで有望な魔法戦闘師がつぶれるようだと国にとって大損失だからな。

俺も昔はあちこちの国に『魔神薬は改良版を作るか、禁止したほうがいいぞ』と手紙を送ったものだ。

世界のどこかには、いずれ俺と同等以上のレベルで魔法戦闘をできるようになる魔法戦闘師がいる可能性もあるし、そういった魔法戦闘師の卵が変な薬でつぶれてしまっては、俺にとっても大損失だ。

ちゃんと禁止してくれたなら、少し安心だな。

「まあ、要するにこれは改良魔神薬の杖バージョンみたいなものだ。……改良魔神薬より、こっちのほうが安全だけどな。魔力回路に致命的な損傷が入るほどの負担が掛かりそうだったら、自動で魔法操作力を落とす安全装置を組み込んでいる」

「あ、安全装置まで……魔力操作を補助するってだけでも、想像もつかないほど難しいはずなのに……」

「こういうのは栄光紋の仕事だから、他の紋章じゃ想像がつかないのは仕方ないな。……要するに、安心して戦っていいってことだ。魔力回路が壊れない程度の負荷は普通にかかるから、戦闘中に力尽きないようにだけ気をつけてくれ」

ちなみに、この『魔力回路に負荷がかかる』というのは、この杖を作った狙《ねら》いの一つでもある。魔力回路に限界ギリギリの負荷をかけ続けると、だんだんと魔力回路が強くなっていくからな。

これからユリルたちを強くするにあたって、強い魔力回路を手に入れてもらうことは必須条件だ。

技術面は技術面でちゃんと教えるが、まず基礎的な魔法力がなければ、技術を十分に活かすことはできないからな。

「あ、ありがとうございます……！」

「まあ、よくも悪くも普通の杖だから、実戦というよりは練習用の面が強いけどな」

「こ……これが普通で、練習用……ですか？」

「確かに魔法を組むのは速くなるが、特殊な魔法が使えるようになったりするわけじゃないからな。時間さえかければ、杖なしでも同じ魔法が組める……そういう意味では、普通の杖だ」

正直なところ、単純な戦闘での強さという意味では、この杖はあまり強くない。

ユリルをもっと手っ取り早く強くしようとしたら、他にもっといい術式はいくらでもある。

それこそ、ユリルが扱える限界まで複雑にした自動制御杖を持たせて、ユリルはそれに魔力を注《つ》ぎ込《こ》むことだけに専念させたほうが、この杖を使わせるよりずっと強いだろう。

……その場合、ユリルが戦っているというよりも、杖が戦っているという感じになる。

収納魔法には俺が作った魔道具を大量に入れさせておいて、杖が出す『命令』に従って魔道具を使わせれば、それだけで結構な戦力になるはずだ。ロミギア程度の敵であれば、何百人いようが相手にならないだろうな。


だが……俺はそういった戦い方をさせるつもりはない。

その方法ではユリルの成長は、かなりゆっくりとしたものになる可能性が高いからだ。

ユリルに自動制御杖をもたせて手に入る程度の戦力が欲しいのであれば、最初から適当にクラス11でも雇っているだろう。

魔法技術をちまちま教えるよりも、杖の扱い方を勉強させたほうがずっといい。

技術的なことは杖が全てなんとかしてくれる。


しかし俺がユリルたちに期待しているのは、杖や魔道具ごときではカバーできないレベルの戦力に育つことだ。

今の戦いは、そのための通過点でしかない。

紋章の差を考えると、将来的にユリルたちは、直接戦闘であれば俺より上か、最低でも同等の戦力になってもらわなくては困る。

そのため今の強さよりも、成長しやすさに重点を置いて武器を作ったのだ。

とはいえ、育つ前に死んでしまっては意味がない。

あまり道具に頼らせすぎるのも考えものだが……戦闘などにおいて、常に俺が助けに入れるとは限らないことを考えると、格上とも戦える力は必要になるだろう。

強力な魔法は教えていくつもりだが、さすがに一瞬で習得というわけにもいかないことを考えると……もう1本、実戦向きの杖も欲しいところだ。

だから俺は先ほど、武器を2本作ると言った。

とはいえ、さすがに戦いの全てを任せきれるレベルの杖を作るつもりはないのだが。

「……ユリルの得意魔法は、隕石《いんせき》系で間違いないな?」

「はい。色々使えますけど、一番得意なのは隕石魔法です」

「分かった。じゃあ、隕石魔法に向いた杖にしよう」

俺はそう言って、２本目の杖を作り始めた。

正直なところ杖の系統は何でもいいのだが、危機的な状況などで使う切り札としては、使い慣れた魔法系統のものがいいだろう。

「い、１本目とも比べ物にならないくらい、複雑な術式だな……」

付与作業をすすめる俺を見て、ロイターが感嘆の声を上げた。

確かにこの杖は１本目に比べると、だいぶ杖による制御の性質が強いタイプのものだ。

その分だけ、術式も複雑になる。

実力を大きく超える力を発揮させたい場合には、そうせざるを得ないからな。

「さっきの話からすると……【メテオ・フォール】を補助する杖とかですか？」

「補助というよりは、組み替える感じだな。隕石系の術式に割り込んで強制的に術式を改変して強化する術式だ。隕石系の魔法以外には効果がないから気をつけてくれ」

「……ちなみに、どんな強化になるんですか……?」

確かに、そこは大事なポイントだ。

ただ単純に威力を強化するような形にした場合、自分の近くに撃つと余波で自滅しかねない。元々の【スター・フォール】とかも、そのあたりを考えながらでないと使えない術式だしな。

「単純な威力の総量で言えば、この杖を使って撃つ【メテオ・フォール】が、さっきの普通の杖で撃つ【スター・フォール】と同じくらいだな。……だがこの杖で撃つ【メテオ・フォール】は、威力が狭い範囲に集中するように作ってある。敵がよほど大きい場合を除けば、こっちのほうが威力は上になるな」

ユリルの使っていたような隕石系魔法は基本的に攻撃範囲が広すぎて、トータルでの魔法的エネルギー量が大きくても、実際の敵自身に与えるダメージは小さくなりがちだ。

その代わりに、術式の単純さと使用する魔力の割には総威力が高めの魔法系統にはなるのだが……効率としてはあまりよくないだろう。

どちらかというと単独の強い相手というよりも、雑魚の集団を蹴《け》散らすのに便利な魔法だな。

「それと、これを使って撃った【メテオ・フォール】は発動から半秒とかからずに着弾する。先回りして撃つと逆に当たらないから気をつけてくれ」


一般的な隕石魔法のもう一つの弱点。それは着弾の遅さだ。

隕石魔法はその名の通り、空から隕石を降らせる魔法。

注ぎ込んだ魔力の割に威力が高いのは、重力の手を借りることができるからだ。

だが重力の力を十分に利用するためには、隕石をかなり高い位置に出現させる必要がある。

隕石の落下速度はそれなりに速いが、威力を求めて長い距離を落下させようとすると、どうしても着弾までには時間がかかってしまう。

広範囲を破壊する魔法であれば多少時間がかかっても当たるが、範囲を絞った魔法にとってこれは致命的だ。

そこで今回の術式は、隕石を小型化して空気抵抗を小さくした上、初速を与えることによって着弾を早くしている。

初速を与えるのに魔力を使うため、隕石魔法が持つ特性としての魔力効率は多少落ちてしまうが、そういった面は術式を複雑にすることによってカバーした。

「つまり、【スター・フォール】と同じ威力を狭い範囲に集中させて、瞬時に着弾する……まるでこの前ガイアスさんが使っていた【メテオ・フォール】みたいな魔法ってことですか⁉」

「簡単に言うとそんな感じだな。あれよりわずかに性能は低いが、方向性は同じだ。使い勝手はほぼ変わらないだろうな」

悪竜リメインと戦ったときに使った【メテオ・コア】は性能こそ高いのだが、扱いに意外と魔法的な技術が必要なため、今のユリルでは扱いきれない。

とはいえ、あの魔道具は使い捨てのため手抜きをしている部分もあるので、そこをちゃんと作ることによって、性能低下をわずかに抑えたといったところだ。

「そ、それって……最強じゃないですか！　あの魔法より『わずかに』しか弱くないなんて……！」

「まあ、普通に戦うよりはだいぶ強くなるだろうな。最強かと言われると……それで倒せる相手ばかりなら、魔法を教えたりしなくてもいいんだが」

俺が強くなる上で目標としているのは、宇宙にいる強力な熾星霊と戦うことだが、これを使った【メテオ・フォール】程度なら、この星にだって耐える敵は存在する。

今のユリルに比べれば強いが、残念ながら最強と言えるレベルではないだろう。

それと……。

「この杖はできるだけ使わないでくれ。成長が遅くなる」

この杖は一応、本人が組んだ隕石系魔法に反応して術式を組み換え、強化するものとなっている。

だが、それは普段から使っている魔法に近いものにしたほうが、攻撃対象の指定などの面で扱いやすいだろうという配慮からのものであり、実際の術式の中身はほとんど杖が作ると言っていい。

要は『杖に使われる』という状態だ。

そして、威力を上げた魔法の宿命として、魔法回路への負担も当然大きくなる。

そもそもが非常用の杖なので、威力を優先せざるを得ないからな。

安全装置のようなものも、威力を落とす原因になるのでつけていない。

「使うのは基本的に【メテオ・フォール】だけにしておくことを勧める。【コメット・フォール】を使えば、魔力回路が壊れてもおかしくないぞ」

「わ、分かりました……！」

そう言ってユリルは、杖を受け取った。

できれば、こちらの杖を使う機会がこないといいのだが。

「さて……次はロイターの剣だな」

俺《おれ》はそう言って、部屋に置かれた装置の一つから、赤熱《せきねつ》した金属の塊を取り出す。

ロイターはユリルと違って1本だけの武器で戦ってもらうのがいいだろう。

第四紋は遠くから魔法を打ち込めばいい第一紋と違って、『武器に使われる』ような戦い方には向いていないからな。

などと考えつつ俺は金床の上に金属を置き、ハンマーで叩《たた》いて形を変えていく。

その様子を見て、ロイターが口を開いた。

「こっちは変形魔法じゃなくて、普通の鍛冶師みたいな作り方なんだな」

「ああ。魔力を込めた鎚《つち》で打つことに意味があるんだ」

俺が鍛冶に使っている鎚は、極端に魔力を通しやすい合金を素材として、特殊な魔法的性質を付与した品だ。

この鎚自体に数十種類の付与魔法がかけられている。

ユリルの杖《つえ》や今から作る剣より、遥《はる》かに複雑な魔道具だと言っていい。

俺はこの鎚に対して、一度叩くごとに質の違う魔力を込め直し、特殊な魔力分布を作り出す。

こうすることによって、金属の形を変えると同時に、内部に魔法的な結合構造を生み、強度を上げることができるのだ。

杖の場合は大した物理的強度は必要ないため、こういったことをする必要はない。

剣であっても、強度の高い金属であればここまでしなくても折れるようなことはないのだが……今回の剣は、物理的な耐久力をほとんど無視した金属で作られている。

ロイターの力で振るとなると、多少の配慮が必要になるのだ。

特にロイターの剣は、ユリルの1本目の剣と比べても更に普通でシンプルな性能を持ったもの。

だからこそ素材の影響を受けやすく、物理的な強度を犠牲にしてでも、魔力を通しやすい金

属を使う必要があるわけだ。

などと考えつつ、俺は剣の形を変えていく。

そして数分後……剣が完成した。


「……こんなものか」


俺はそう言って、ロイターに剣を手渡す。

ユリルのものと違って、特殊な効果をもたらす付与は一切《いっさい》使われていない、非常に純粋な『剣』だ。

付与したのは剣の強度を上げる魔法だけ。

【斬鉄】などの切れ味を上げる魔法がメジャーなのだが、あえて使わなかった。

さすがに一般的に使われている術式そのままというわけではなく、一応は専用魔法になっているのだが……術式の改良は魔法の効果の向上というよりも、付与による副作用——剣が魔力を通しにくくなったり、エンチャント系魔法の術式に影響を及ぼしたりするのを防ぐための術式だ。

一見地味なようだが、魔法戦闘師として実力を磨いたものが使う場合、こういった改良の影響は意外なほど大きい。


剣への付与魔法は当然、付与を行う者の魔力によって行われるが……付与に使われる程度の魔力が、長時間の戦闘に耐え続けるほどの量なわけがない。

付与者の魔力は、1ヵ月と経《た》たずに全《すべ》てなくなってしまう。

それでも付与が維持されるのは、剣の付与魔法が周囲や使い手から魔力を取り込み、失った魔力を補うからだ。


これは基本的には便利……というか、付与魔法にとって不可欠とも言える特性なのだが、付与魔法の魔力を本当に細かくコントロールしようとすると、この特性が邪魔をする。

ごく少さい影響とはいえ、操《あやつ》る魔力に余計な術式が挟まることになるので、わずかに精度が落ちてしまうのだ。

大雑把《おおざっぱ》な戦い方をしている魔法戦闘師では気付かない程度の差だ。

だが、そこそこ戦える魔法戦闘師が実力ギリギリの魔法を組むとなると、この小さな差が影響することがある。

ロイターは今のところ、この差が分かるかどうか……というくらいの実力だ。

だが今からの鍛錬がうまく行けば、1ヵ月としないうちにロイターは、付与魔法を邪魔に思い始めることだろう。

そうならないように、術式を改変したというわけだ。


「この剣、刃は自分で研ぐのか？」


ロイターは受け取った剣をよく観察した後、俺にそう尋ねた。

自然な疑問だな。

なにしろこの剣は、刃先ですらただの鉄板のように厚いのだから。


鍛冶師が研ぎまで行わず、自分で研ぐタイプの剣というのは、意外と少なくない。

剣の刃の付け方や角度には好みがあるし、鍛冶師とは別に専門の『研師』がいて、刃を研ぐ作業はそちらに任せるというケースも少なくないからだ。

また、長時間の戦闘を繰り返すような者の場合、いちいち研ぎ直しを専門の者に頼むわけにもいかないので、研ぎ直しは結局自分で行うことも多いのだ。

特に駆け出しの場合、研ぎを一々頼むような資金力がないことも多いため、剣を使う魔法戦闘師はその頃に剣の研ぎを覚えることも多い。

そうするうちに研ぎ方のこだわりなどができるため、たとえ相手が専門の研師であっても、自分以外の者に剣を触らせたがらないような者も存在するくらいだ。

だが、この剣に限っては研ぐ必要はない。

「いや、このまま使う。研ぐんだったら、もうちょっと薄く作るしな」

「……ガイアスほどの職人が作ると、この厚さでも斬れるようになるってことか……？」

「いや、当然斬れない。これは剣じゃなくて、魔法で斬るんだ」

付与魔法の中には、剣自体を強化するだけでなく、魔法自体が剣の表面に刃を作り出すようなものがある。

そういった類いの魔法では、剣は敵を直接的に斬り裂く武器としてではなく、ある種の魔法の発動媒体として機能するのだ。

剣を使うことによって、魔力を通しにくい『空気』を一切通すことなく敵に魔法をぶつけることができるため、剣なしで近距離魔法を使うのとは比べ物にならない威力が期待できる。

「確かに、弱い敵なら魔法だけでも斬れるが……まともな敵が相手でも斬れるのか？」

「まあ……普通に威力は落ちるだろうな。同じ魔法で斬れた相手でも、刃のない剣では斬れないと思うぞ」

確かに魔法だけで斬る手は一応あるのだが、単純な威力という意味で言えば、もちろん普通に鋭い剣のほうが有利だ。

魔法でしか斬れないのと、剣と魔法の両方を利用して斬れるのでは、破壊力は全く違う。

鋭い剣は魔法の破壊力を一点に集中させることができるし、たとえトータルの魔力量が同じであっても、切れ味の鈍い遥かに硬い相手を斬ることができる。

だが俺が近距離戦闘で使う剣は基本的に鋭く研ぐし、刃先をわずかでも薄くするために工夫をこらすこともある。

この剣は、そういった努力と完全に逆行する代物だ。

正直なところ、剣としては弱いと言ってもいい。

だが……それは使う付与魔法が同じであればの話だ。

剣の攻撃力が落ちる代わりに、より強力な付与魔法を使うことができれば、欠点を補って余りある威力が得られる。

そのための準備は、当然済ませている。

「ロイターにはこの魔法を使ってもらう。専用術式だ」

俺そう言って、1冊の本を手渡す。

ロイター専用に作った術式を、大量に書いた本だ。

「おお！　専用術式！」

ロイターはそう言って、嬉《うれ》しそうに本を開いた。

「予想はしていたが、複雑だな……実戦で使えるかはあまり自信がない」

そう言いながらもロイターは、どこか嬉しそうな様子だ。
やはり強くなれる望みがあるというのは、嬉しいことなのだろう。
難しい術式であっても、時間をかければ使いこなせるようになる可能性はあるからな。

だが……本をめくっていくにつれて、その表情がだんだんと曇り始めた。

「こ、これは……実戦どころか、練習でも組めないと思うんだが……この剣にも、補助の術式かなにかがついているのか……?」

本のちょうど真ん中あたりに書かれた術式を見て、ロイターがそう俺に尋ねる。
ユリルの杖には、魔法構築を補助する魔法が刻まれていた。
イリスの杖はさらに簡単に魔法を組めるように、強力な補助魔法が組み込まれている。

そういった物と同様の仕組みが、ロイターの剣には……ない。

「いや、そんな仕掛けはない。……まあ、少しは組みやすいと思うがな」

一般的に、剣の刃の厚さは耐久性とのトレードオフだとされている。

刃を薄く作れば作るほど、物理的にも魔法的にも『切れ味』はよくなるが、ちょっとした力で折れたり欠けたりといった問題が出るので、そういった面とのバランスを取りながら作るのが基本だ。

特に技術の低い者の場合、刃に変な力がかかる使い方をしてしまうケースが多くなるため、厚めの刃を使う場合が多い。

例えばイリスに使わせる剣を作るような場合、俺は凄《すさ》まじく分厚い刃をした剣を使うか、いっそ刃のない剣でも渡すことだろう。

技術の限界ギリギリまで薄くした刃を使う場合には、常に剣に気を使いながら戦う必要があるし、逆に力を発揮できないこともある。

欠けずとも歪《ゆが》んでしまうこともあるので、そうすると余計に扱いにくくなるしな。

ロイターは剣を何本も持ち、折れたら次の剣に変えるような戦い方をしていたようだが、これは一つの解決法と言えるだろう。

剣が壊れることを気にせずに戦えるし、限界まで……というか限界を超えて薄い刃を使うことができるため、攻撃の威力を上げられる。

欠点がないというわけではないが、特に格上相手の戦闘では、一つの選択肢と言っていいだろう。


だが……刃を薄くすることによる問題点は、強度だけではない。

一般的には見過ごされがちだが、問題はもう一つある。

それは、魔力を通しにくくなることだ。


刃は敵を斬るための道具であると同時に、魔力の通り道でもある。

その刃を薄くするということは、魔力の通り道が狭くなるということだ。

低出力な魔法なら問題はないが、高出力な魔法を使おうとすればするほど、術式が組みにくくなる。

本来ならば使えるはずの術式を、剣のせいで使えなくなってしまうのだ。

それを自覚した上で使っているのならいいが、自覚していないと厄介なことになる。

薄い剣を使った状態を自分の実力だと勘違いしてしまい、複雑で強力な術式を使えないと思い込んでしまうのだ。

単純なようだが、これは意外と厄介な問題だ。

基本的に、強力な敵と戦う時ほど、強力な武器を使うことは多いだろう。

つまり少しでも薄く、少しでも威力を出せる武器だ。

武器が壊れるかどうとか、補充にかかる金がどうとかは、本当にギリギリの戦いでは気にしないはずだ。

それとは別に、強い敵と戦うときには、どうしても精神的なプレッシャーというものがかかる。

戦いに慣れるうちに、この問題は解決する……と言いたいところだが、そう単純な話でもない。

強くなればなるほど自分にとって『強い敵』というものは少なくなっていくので、ギリギリの戦いをする機会は、逆に減ってしまうのだ。

するとどうなるか。

例えば、戦闘の練習や、比較的弱い敵との戦いでは刃の厚く壊れにくい剣を使って戦い、強力な魔法を使えたとしよう。

だが本当にギリギリの実戦では薄い剣を使い……発動に失敗する。

その結果、発動の失敗をプレッシャーのせいだなどと勘違いしてしまうのだ。


この問題の厄介なところは、自分がその状態に陥《おちい》っていることに気付きにくいことだ。

やはり実戦では、練習に比べて多少は魔法が使いにくい。敵の動きによってある程度は魔力の動きが乱されるし、タイミングなども合わせにくいからな。

ただ発動するのと、実戦で使うのには大きな違いがある……というのは、決して間違った話ではない。

薄い剣であっても、練習で発動するだけであれば、何とかなるかもしれない。


だが、薄い武器はその差を必要以上に大きく感じさせてしまう。

本来なら実戦でも使える魔法を、実戦では使えないと思いこんでしまうのだ。

一度できた思い込みは常に魔法戦闘師について回り、より強い魔法への挑戦を止《や》めてしまう。

先ほどロイターは俺の術式を見て『実戦で使えるかはあまり自信がない』と言っていた。

これは魔法を練習で発動することと実戦で使うことの間に、極めて大きい差があると思っていることの証しだろう。


俺は今までロイターの戦いを見てきたが、この欠点は、ロイターの成長に大きな悪影響を及ぼしていたという見立ては、まず間違いないはずだ。

ロイターの術式は、彼の魔法的能力に対して単純で、低出力すぎる。

限界より遥かに簡単な魔法しか使っていないせいで、単純に弱いし、成長も遅くなる。


そこでロイターには、極限まで魔法を使いやすくした剣を持ってもらおうというわけだ。

ロイターは実戦経験や剣術など、魔法以外の点は、比較的まともにできている。

そのため、一度思い込みを解いてしまえば、成長は早いはずだ。


まあ、無駄に扱いにくい武器で戦うのも、全く無意味というわけではない。

ロイターは魔力を通しにくい武器で戦うことで、魔力圧を高めて、魔力を無理やり『押し込む』力を摑《つか》んでいた。

これはユリルに身につけてほしい力にも近いものだ。一種の負荷トレーニングみたいなものだな。


そこで俺は、成長のための最短ルートを整備した。

「その本に描いた魔法は、1ページごとにほんの少しずつ難易度を上げてある。1つの魔法を実戦で安定して使えるようになったら、次の魔法を使うんだ。実戦では、安定した後の魔法を使ったほうがいいけどな」

「なるほど……後半の魔法がやたら難しいのは、そういうことだったのか！」

「ああ。……とはいってもさっき言ってたページは、半年もかからずに使えると思うけどな」

ちなみに魔法の名前は【ロイター・ブレード1】【ロイター・ブレード2】【ロイター・ブレード3】……といった感じになっている。

本には80個もの魔法が書かれているので、いちいち名前を考えたくはなかったのだ。

まあ、なにかの目的があって専用に作るような魔法の場合、こういった名前すらつけない場合も多いしな。

「あ、あれを半年で……？　そんなことができるのか？」

「できるさ。試しに1個目を使ってみてくれ」

「ああ……分かった」

そう言ってロイターは剣を構え、【ロイター・ブレード1】を発動し……目を見開いた。

ロイターは信じられないといったふうに、自分の手を見つめている。

「これは……やっぱり、補助魔法が刻まれているんじゃないか？　こんなに複雑な魔法を、簡単に組めるとは思えない……」

「いや、これがロイター、お前の実力だ。……今までは実力を出しきれずに戦っていたんだから、成長が遅くなるのも仕方がないだろう」

「……これが自分の実力とは、信じがたいが……これを使えば成長できそうだってことは分かったぜ」

そう言ってロイターは、嬉しそうに剣を腰に差した。

ちなみに、あの本に書かれた【ロイター・ブレード】たちは名付けこそ単純に番号が上がっていくだけだが、術式の構成はただ単純に威力や複雑さを上げただけのものではない。

むしろ名前が一つ上がるごとに、術式としての方向性も原理も大きく変わり、別の魔法になると言っていいだろう。

後半の魔法になると、もう古い魔法理論の範囲を超え、俺が独自に研究した理論に基づいた魔法になってくる。

恐らく現在のロイターでは術式の意味すら理解できないだろうが、あれを使うころには分かるようになっているはずだ。

魔法の実戦的な面と、理論的な面を同時に鍛えられるので、効率がいい。

ロイターとユリル、両方に関して言えるのは、基礎的な魔法能力の部分を磨いてもらいたいということだ。

人間が扱える、最も複雑かつ高性能な魔道具は、自分自身の魔力回路にほかならない。

俺が全力を尽くして作る魔道具だって、魔石に刻める術式の限界というものがあるため、複雑さでは人間の魔力回路に遠く及ばないだろう。

魔石に刻む魔法陣を細かくしすぎると、魔石自体が術式の力に耐えきれなくなり、壊れてしまう。

付与技術の限界よりも先に、魔石の限界が来てしまうのだ。

その点、人間の体というのはよくできている。

魔石よりも遥かに大きいし、耐久力という面でも、精密さという面でも人工的な魔道具より遥かに優秀だ。

さらに、魔石は強すぎる負荷をかけると傷んでしまい弱くなるだけだが、人間の魔力回路は適切な負荷をかけることによって、逆に強くなる。

多くの人間は、その力を十分には引き出せていない。

ユリルやロイターは一般人に比べればだいぶ使えているほうだが、それでもまだまだだ。

逆に言えば、自分の魔力回路をしっかりと使いこなせるようになることで、今とは桁違《けたちが》いの力を得られる。

そういった思考のもと、俺はロイターとユリルに、この魔道具を作った。

どちらも魔力回路に限界ギリギリの負荷をかけつつ、今よりも高いレベルで戦える代物だ。

半年もすれば2人は、今の2人が束《たば》になってもかなわないような力を得ていることだろう。

「さて、これで武器の用意は終わり……」

そう言いかけたところで、イリスが口を開いた。

「ワタシのはどんなのですか⁉」

どうやら、イリスは自分の武器もあると思っていたようだ。
だがイリスはすでに、最適な武器を手にしている。

ロイターやユリルと違って、イリスは全くの初心者だ。
それこそ人間であれば10歳くらいの子供すら、技術という点ではイリスより上だろう。

まだまだだとも言えるし、伸びしろの塊だとも言える。
ユリルやロイターのようにこだわらずとも、それこそ適当な木の枝でも持たせておけば、順調に成長していくはずだ。

さらに言えば……今イリスが持っている、魔法構築を補助する杖は、初心者にとって最適なものだ。

本来の実力とかけ離れた魔法を構築できる武器は、ユリルたちくらい技術がある場合には逆効果になりがちだが、初心者が魔法を覚えるにはちょうどいい。

初心者の鍛錬は『こんなの無理だ』と思うような難易度の魔法を頑張って組むようなものも多いしな。

というわけで、武器は今のままの予定だったのだが……。

「ワタシ、宝石キラキラの武器がいいです！」

どうやらイリスは、武器に宝石が欲しかったようだ。

まあ、そのくらいの望みなら叶《かな》えてやってもいいか。

やる気にもつながりそうだしな。

普通なら武器に余計なものをつけるなど愚の骨頂でしかないのだが、イリスくらいの超初心者だと、宝石の1個や2個が及ぼす影響は関係がない。
元々の魔法の組み方が大雑把だからな。

「分かった。貸してみろ」

「はい！」

俺はイリスから杖を受け取り、収納魔法から適当に宝石をいくつか取り出して、変形魔法で無理やり杖に押し込む。
一応、見た目がよくなるように、宝石をはめる場所は考えているが……まあ、魔法的な意味では『改悪』でしかないな。
真面目《まじめ》な魔道具職人が見たら『なんだこの無駄な宝石は』と顔をしかめることだろう。

「わーい、きれいになりました！」

まあ、喜んでいるようだからいいとするか。
イリスは順調に成長しているようだし、やる気は大切だ。

「これで武器の準備は大丈夫だな。……明日の朝、熾天会の拠点……ギアルス支部に殴り込む。武器の扱いを練習するのはいいが、魔力を使うのは明日で回復できる程度にしておいてくれ」

「了解した！」

「い……いきなり実戦ですか⁉」

俺の言葉を聞いて、ユリルが驚いた顔をした。
確かに、武器を変えてすぐに実戦となると、驚くのも無理はない。
普通であれば、武器を変えた直後の魔法戦闘師は、しっかりと慣れるまでは簡単な相手などと戦って慣れるものだからな。

もちろん今回の敵は、2人にとって簡単なものではない。
熾天会のギアルス支部は、名前こそ『支部』ということになっているが……実質的には本部よりも大規模な施設だとみてまず間違いない。
防衛戦力もそれ相応……少なくともユリルやロイターと同格か、それ以上の敵が複数いるはずだ。

だが今回の場合、急がなければならない事情がある。

敵はすでに、支部に関する情報が俺たちに漏《も》れたことに気付いているはずだ。

大規模な支部を引き払うのが簡単なことだとは思えないが……せめて転移阻害魔法だけでも、いつでも展開できるようにしておく必要がある。

一応、遠隔で敵を監視し、必要なタイミングで転移阻害を発動する方法はある。

今も俺はそれを使い、ギアルス支部を監視しているところだ。

今のところ、多少の慌ただしい動きはあるようだが、拠点を放棄したり、引っ越しをしたりするような大規模な動きは見られない。

だが……遠隔監視や遠隔発動の転移阻害は、どうしても欺かれたり解除されたりといった危険がつきまとう。

相手が格下であれば、問題はないのだが……熾天会は【理外の術】を使う組織だ。

相手が未知の力である以上、油断はできないだろう。

最も精密で高性能な魔道具は、人間の魔力回路だ。
その力を活かすためには、やはり現地に赴《おもむ》く必要がある。
それに……現地でも、練習に丁度いい相手はいそうだしな。

第三章

chapter 3

翌日。

俺《おれ》は工房の中にある仮眠室で、全員の魔力が完全に回復しているのを確認した。

「全員、準備はよさそうだな。……転移するぞ」

この仮眠室には、魔力回復の速度を速める魔道具が設置されている。

熾天会《してんかい》との戦いでは多くの魔力を消費したが、俺を含めた全員が完全に回復しているようだ。

工房には強力な転移阻害がかかっている。

それはこの仮眠室も例外ではないが……転移阻害魔法の対象に、俺は入っていない。

俺の転移魔法であれば、誰《だれ》でも転移が可能だ。

「はい！」

「了解した！」

「分かりました！」

俺は3人の言葉を聞いて、転移魔法を起動する。
行き先は、『熾天会』のギアルス支部だ。

◇

「さて……ここか」

俺はそう言って、あたりを見回す。
転移魔法でたどり着いた先は、海の上だ。
目の前には、一つの島がある。
そこは一見、ただの島のように見える。

まあ、なにか隠したい施設などがある場所としては普通だな。俺の工房だってそうだ。

だが俺の工房と違って、ここに何かがあることは、非常に分かりやすかった。

熾天会の支部には、当然ながら転移阻害魔法がかけられている。

というか、重要な施設はどこであろうと転移阻害魔法をかけるのが基本だ。

どんなに防御を固めても、転移魔法で内側に入り込まれれば意味がないからな。

俺の工房は転移阻害魔法自体を地下深くに隠し、地上はあえて転移可能な状態にしていたが……この島は外から見ても分かるような転移阻害がかかっているのだ。

さすがに遠方からの広域探知魔法などには引っかからないようになっているが、魔法戦闘師か何かが近くを通りがかれば、一目瞭然だろう。

あまり使われていない海域だとは言っても、もう少し工夫の余地はありそうなものだ。

「凄《すさ》まじい強度の転移阻害ですね……」

「ああ。これを破るのは無理だろうな……」

ユリルとロイターは島のほうを見ながら、そう呟《つぶや》いた。

まあ二人の言う通り、確かに転移阻害の強度は（今まで見た中では）マシなほうのようだ。

拠点攻めの方法は主に二つ。

単純な武力によって突破するか、転移阻害魔法を破るかだ。

武力で勝っていても転移阻害魔法を破壊されれば意味がないケースも多いため、転移阻害の強度を重視するのは基本だな。

「確かに堅そうだな……。でもガイアスなら破れるんじゃないか？」

「破ろうと思えば破れるな。だが、まだ破らないほうがよさそうだ。余計な警戒を誘うことになる」

「……ガイアスさんでも、そういう作戦は使うんですね」

「ああ。別に警戒して全力で戦ってくれるならいいんだが、逃げられるのはごめんだからな。

どうせ敵の転移結界は味方を通すはずだし、せめて破られない強度の転移阻害を固めてから……」

俺はそう言いながら、転移阻害の術式を詳しく分析する。
パッと見では、味方だけを通す機能などはついていなさそうに見える結界だが……無差別の転移阻害なんかを、この規模の組織が使うとは思えない。
脱走やスパイの逃亡などを防ぐために、一般の構成員などは通さない仕様になっているだろうが、幹部くらいは通れるようになっているはずだ。

敵が使った転移阻害の結界には、若干の緩みがある。
まずはその緩みに術式を割り込ませて、転移阻害を無差別仕様に改変したいところだ。

そうすれば敵は転移阻害を完全に解除する以外の方法で、外に転移できなくなる。
完全解除にしろ、ここまでの規模と強度の転移阻害の場合は時間がかかるので、その間にちゃんとした転移阻害を重ねてしまえばいいというわけだ。

【理外の術】による破壊を対策した転移阻害は、さすがに一瞬で組むというわけにはいかないので、まずは敵の結界を利用して敵を閉じ込めたい。

連中の結界なら、【理外の術】による破壊にも対策をしているだろうからな。

彼らは【理外の術】に関して俺より多くの情報を持っているし、内部からの裏切りに備えるために、破壊対策だってしているはずだ。


などと考えていたのだが……。


「この転移阻害……敵味方関係なく弾《はじ》くタイプにしか見えないな……。何か意図があるのか、熾天会は【理外の術】を知っているだけで、魔法知識には疎いのか……」

いくら探しても、転移阻害結界に誰かを通すような術式は見つけられなかった。

この結界は俺たちが何もしなくても、敵の侵入を防ぐと同時に、自分たちを閉じ込めているというわけだ。

「魔法知識には疎いっていうか……普通だと思いますけど……」

「いや、敵味方関係なくても、この強度の転移阻害を組める組織なんてのはないと思うぞ……」

ふむ……。

そういうものなのだろうか。

敵味方の区別を捨ててでも強度を追求したにしては、そこまで強度が高くないような気がするが。

「……多分、ガイアスさん基準での『魔法知識は少ない組織』なんだろうな」

「それを言ったら、魔法知識が少なくない組織なんて、この世に存在しないんじゃ……?」

「いや、そんなことはないと思うが……」

言われてみると、たしかにこれ以上の強度の転移阻害結界というのは、あまり見たことがないかもしれない。

だが俺が人里離れた場所で実験を初めてから、すでに100年以上の時間が経《た》っているのだ。

普通に考えて、その間に魔法技術は発展しているはずだろう。

まあ、そのあたりは一旦《いったん》置いておくか。

一般的な技術レベルの話は、あまり重要ではないからな。

俺たちは今、あえて極めて低いレベルの隠蔽《いんぺい》魔法しか使っていない。

当然、敵は俺たちの存在に気付いているだろう。


これも相手を油断させるための作戦だ。

もし強力な隠蔽を使い、転移阻害の中に入ってから解除したり見つかったりした場合、敵から俺たちが強力な隠蔽魔法を使った……あるいは転移阻害をかいくぐったことがバレてしまう。

だったら最初から姿を現して、存在ではなく強さのほうを隠したほうがいいというわけだ。


「さて……早速行くとするか。まずは浅いところで適当に戦闘訓練でもしながら、必要な魔道具を展開しよう」


俺はそう言って、結界魔法の上を島に向かって歩き始める。

転移阻害も一応は基本的に物理的な実体を持たないため、普通に歩いて通るぶんには邪魔にならないのだ。

一応、物理的な実体を持つ転移阻害魔法もあるのだが……逆に強力な物理攻撃などを打ち込まれて壊されやすくなってしまうため、物理的な抵抗は持たせないのが主流だな。

「戦闘訓練って……熾天会の拠点に直接殴り込むのが、ガイアスにとっては訓練なのか……」

「さ、さすが次元が違いますね……」

「いや、魔力を調べた感じだと、そもそも浅いところには人間らしい人間はいないと思うぞ」

俺はここに来る前から、敵に気付かれずに調べられる範囲の情報を集めている。
その結果、熾天会の拠点は地下深くに延びていて、浅い場所はほとんど放棄されているということが分かった。
敵が警戒を強めない限り、このあたりに人が送られてくるということはないだろう。

「……そうなのか。今までに見た拠点はどこも守りが堅かったから、重要拠点ともなればガチガチの要塞《ようさい》だと思ってたぜ」

「重要拠点だからこそ、人員の節約が必要なんだろう。強いだけの人間を集めるより、強くて信用できる人間を集めるほうがずっと難しいからな」

この拠点はまず間違いなく、熾天会にとって研究の中枢だ。

熾天会は秘密主義の強い組織のようだが、その中でも特に機密を重視していると考えていいだろう。

そんな場所の防衛を、適当に金で雇ってきた強いだけの奴《やつ》に任せるわけにはいかない。

強いということは、裏切った場合の脅威も大きいということだ。

かといって弱い者では、そもそも防衛戦力として使えない。

洗脳魔法などを使えば従順な人間は作ることができるかもしれないが、そもそも洗脳魔法は使い勝手が最悪な上、かなり格下にしか効かないので、防衛要員には不向きだろう。

こう考えていくと、熾天会の重要拠点に使える防衛戦力は、極めて限られることになる。

「確かに……強くて信用できるっていうのは難しいですね」

「強い人間ほど、人格面には問題がある場合が少なくないからな。……強さにとりつかれた人間というのは、何かと思いもよらないことをやらかすものだ」

俺の言葉を聞いて、ロイターとユリル、イリスの3人が深々と頷《うなず》く。

3人ともそれなりに長く生きているので、やはり心当たりがあるのだろう。

「俺のような常識人も一応いるが、割合としては極めて少数だからな。それに常識人は、熾天会に味方したりしない」

次の俺の言葉を聞いて……3人は一斉に首をかしげた。

……首をかしげるような要素はなかったと思うのだが……まさか俺が、報酬次第で熾天会に味方するような人間だと思っているのだろうか。

だとしたら不本意だが、俺がそんな人間ではないということは、これから分かってもらえるだろう。

ともかく、重要拠点には強さと忠誠心を兼ね備えた、極めて希少な人材が必要となるわけだ。

魔法戦闘師とて24時間働き続けられるわけではないし、人間による強力な防衛網を維持する

には限界がある。

だから防衛は極力無人……あるいはそれに近い形で行う必要がある。

人間は裏切ることもあれば、悪意なく情報を漏洩《ろうえい》したりすることもあるからな。

もっとも……それは普通の人間ならの話だ。

それなりの力を持ち、信用はできないが裏切ることはなく、情報漏洩の心配もない『代用品』も存在する。

敵はその『代用品』を使って、拠点の初期防御を行っているようだ。

「とりあえず、先へ進もう。戦闘の準備をしてくれ」

こうして俺たちは、熾天会の拠点のある島へと進んでいった。

◇

「ここが熾天会の拠点入り口だな」

それから数分後。

俺たちは島の一角にある、洞窟の入り口へとたどり着いていた。

魔法戦闘師にとって、洞窟というのは馴染みのある地形だ。

迷宮……つまり沢山《たくさん》の魔物が湧《わ》き、無限に戦闘訓練ができる魔法戦闘師にとっての楽園も、洞窟の形をしていることが多いしな。

そう考えていると、ユリルが口を開いた。


「拠点っていうか……これ、迷宮じゃないですか？」

「確かに、迷宮っぽい雰囲気です！」


ユリルとイリスは、この洞窟から迷宮のような印象を受けたようだ。

確かに、洞窟という魔力のこもりやすい地形に、生物の魔力が溜《た》まったこの地形は一見、迷宮のように見えるかもしれない。

イリスも魔法の使い方は大雑把だが、魔力を感じ取る力自体はあるようだな。

「ロイター、どう思う？」


俺は一人だけ黙っていたロイターに、そう尋ねる。

するとロイターは、訝《いぶか》しげな表情で口を開いた。

「確かに魔物っぽいのはいるんだが……魔力の感じが、あんまり迷宮っぽくないんだよな。普通の洞窟に、魔物がいるだけって感じがする」

「……まあ、間違いではないな。正解かと言われると微妙なところだが」

ユリルとイリスに比べて、ロイターのほうが魔力には敏感なようだ。

近距離戦闘をメインとする戦い方だと、感覚が磨かれやすくなるのかもしれないな。

「正解かというと微妙……どういうことだ……？」

「まあ、戦ってみれば分かるはずだ。……その間に、偽装魔法でも使っておくか」

俺はそう言って、自分に向けて魔法を起動した。

これは【完全魔力偽装】。その名の通り、魔力を偽装する魔法だ。

「偽装魔法なら、さっきまで使ってたんじゃないか?」

「あの魔法は、戦うと解除されてしまうからな。今から使う魔法は、どんな戦い方をしても魔法的能力をごまかせる。……調整に1分ほどかかるが、それが終われば俺の魔力は、どこからどう見てもロイターたちと同レベルだ」

「戦っても解けない偽装魔法か……。それだけ聞くと、最強の偽装魔法に聞こえるが……さっきまで使わなかったってことは、デメリットもあるんだよな?」

「ああ。この魔法を使っている間、俺は本当にロイターたちと同程度の魔法出力しか出せなくなる。偽装魔法というよりは、一種のリミッターのようなものだな」

俺が今までこの魔法を使わなかったのは、まさにこれが理由だ。

大した探知魔法を使われていない場合、もっと制約が少なくて使いやすい偽装魔法はいくらでもあるからな。

いくら人間らしい人間がいないとは言っても、ここは熾天会の最重要拠点の入り口……侵入者の脅威度を判定するための魔道具は、大量に置かれている。

このくらいしなければ、その目は欺けないだろう。

俺が戦わなければバレることもないだろうが、それはそれで逆に怪しいしな。

「俺たちと同じくらいのって……それ、ものすごいパワーダウンだよな……？」

「そこまでして、力を隠す必要があるんですか？　単純な魔力の量で言えば、イリスさんだって十分に警戒対象だと思いますけど……」

「ある。……少なくとも今は隠しておきたい」

イリスが人に化けたドラゴンだということは、熾天会もとっくに気付いているはずだ。

だが、それは隠すほどのことでもない。

確かに人の姿を取って人に味方するドラゴンは珍しいが、純粋な強さで言えば【純粋理外】

のようなものを使う熾天会にとって、イリスはさほどの脅威ではないからだ。

だが俺に関しては話が変わってくる。

そもそも熾天会は、俺がガイアスだと分かる前から、『魔法使いガイアス』を警戒していた節がある。

連中の警戒が、本当に俺の実力を反映したものかは分からない。

俺が人前に姿を現さなかった100年ほどの間に噂《うわさ》が誇張され、必要以上の警戒を呼んでいる可能性はあるだろう。

しかし、その警戒が正しいかどうかとは関係なく、必要以上の警戒を受けるのは避けるべきだろう。

もし早い段階で熾天会がなりふり構わず逃げにかかれば、俺は【理外の術】に関する重要な手がかりを失ってしまう可能性が高いのだから。

「そもそも一般的には、俺は死んだって認識なんだよな？」

「そういう噂は広まってるな。地形を変えるような戦いが100年近くも起きなかったら、ガイアスはいなくなったって考えるのが自然だろ」

いや、自然ではないと思うが。

俺だっておとなしくしていた時期や、迷宮の中にこもって静かに戦っていた時期もあるぞ。

「……死亡説が流れた根拠には異論があるが、好都合だ。せっかくだから利用させてもらおう」

「ガイアスは死んだって思わせる……ってことか？」

「全滅させた支部から、連絡が届いていると思いますが……」

ああ、気付いていなかったのか。

魔法戦闘師たるもの、常に周囲の状況には気を配ってほしいところだが……まあ、熾天会絡みの戦いは格上相手ばかりで余裕がなかっただろうし、仕方がないかもしれないな。

「今までの熾天会との戦いでは、常に強力な通信妨害を使っていたから、連絡は届いていないはずだぞ。……通信妨害のコツは、敵に気付かせないことだな」

「い、いつの間に……」

「敵に気付かれない通信妨害って、一体何なんだ……」

通信妨害は、気付かれた時点で失敗だと言っていい。

単純な通信魔法以外にも、紙を使った方法や石版に刻む方法といった単純なものを含め、外部に情報を残す手段はいくらでもあるからな。

そういった手段を使われないように、気付かれない妨害を行えば、情報は残らないわけだ。

「そんなに難しい話じゃないぞ。通信魔法を全《すべ》て叩《たた》き落としつつ、通信が届いたみたいな返事を偽装するだけだ。相手は魔法が作り出した偽者の『仲間』を相手に情報を伝えるだけだ」

ちなみにこの魔法の場合、通信は丸ごと俺の魔法が受け取ることになるので、その内容も傍受することができる。

今までもなにか面白《おもしろ》い情報がないかと期待しながら戦っていたのだが、前回潰《つぶ》した熾天会の拠点が通信魔法に乗せたのは、『ガイアスに襲撃を受けた』という内容の報告だけだった。

恐らく通信魔法が傍受される可能性を考えてのことだろうが、あの通信を遮断できたのは運がよかったな。

などと話しているうちに、敵の魔力反応が近づいてきた。

魔物のような魔力反応が近づいてくるのを見て、ユリルたち3人が武器を構えた。

だが、その表情に、警戒の色は薄い。

「魔物が近づいてきますね……」

「くるな。あまり強そうには見えないが……これが『ちょうどいい相手』なのか？」

敵が近づいてくる方向を見ながら、ロイターがそう尋ねる。

確かに魔力反応だけだと、あまり強そうには見えないかもな。

「ああ。油断しないほうがいいぞ。自信があるならロイター、先に行ってみるか？」

「行かせてもらおう。……この剣を実戦で使うのは初めてだから、まずは慣れた魔法で試してみていいか？」

「もちろん構わない。今までと同じ魔法を使ったほうが、剣の違いが分かりやすいだろうしな」

そう言ってロイターが武器を構えると……敵が近づいてきた。
敵は黒い毛に覆《おお》われた、大型の四足歩行獣。
見た目や動きの印象は、熊に近い感じだな。

その魔物に対して、ロイターは一瞬で距離を詰め——剣を振った。

「ロイター流剣術——『閃撃』！」

ロイターの魔法が新しい剣に付与され……敵の無防備な首に当たる。
だが……剣はそれ以上食い込むことなく、あっさり弾かれた。

「くっ！」

「グオオオォォォ！」

剣を弾かれて体勢を崩したロイターに、敵の爪《つめ》が迫る。

それをロイターは剣で弾《はじ》いたが……ロイターはその勢いを受け止めきれず、弾き飛ばされた。

……このあたりは、それなりに戦闘経験を積んだ動きだな。

ロイターは今、攻撃の勢いを受け止めきれないと判断して、あえて後ろに跳ぶことによって攻撃の威力を殺したのだ。

もし正面から受け止めていたら、もっとダメージは大きかっただろう。

「ぐっ……弱そうなくせに結構硬いじゃねえか……！　やっぱり斬れない剣は『閃撃』は無理があるか……！」

「その剣じゃ難しいと思うなら、普段の剣を使ってみるといい」

「おう！」

そう言ってロイターは収納魔法に剣をしまい込み、もう一度剣を振った。

「ロイター流剣術――『閃撃』！」

パワーでは敵のほうが上だが、技術ではロイターのほうが勝っている。
ロイターの鋭い剣は、敵の腕をかいくぐって首へと届き……また弾かれた。

「なっ……硬え！」

「グオオオォォォォォ！」

そして敵の反撃。
ロイターはそれを剣で受け止めようとしたが……敵の爪が剣にあたった瞬間、甲高い音とともに剣が砕け散った。

「なっ⁉」

ロイターは爪をギリギリでかわしたが、剣の破片までは避けきれなかったようだ。

体に破片がいくつか刺さり、ロイターは血を流しながら後退する。

「剣のせいじゃないってか……じゃあ、魔法を変えるしかないよな？」

そう言ってロイターは、俺が作った剣を構え直す。

ほんの数秒間で、剣が刺さった場所の血は止まっていた。さすがの回復力だ。

「いくぜ……ロイター・ブレード１！」

ロイターは先ほどまでと同じく、敵の首を狙《ねら》った。それも、前回と全く同じ位置だ。

弱点だという理由もあるだろうが……恐らく、威力の違いを試したかったのだろう。

そして切れ味の鈍い剣は——先ほどまでは剣が食い込みすらしなかった敵の首を、あっさり斬り落とした。

「つ……強え！　最初の魔法でもこんなに強いのか……！」

魔法の威力を見て、ロイターは驚いているようだ。
まあ、そもそも昔からロイターが使っていた魔法とは、複雑さや出力が全然違うからな。
『閃撃』ではロイターの潜在能力を、十分に引き出しきれないのだ。

「でも、あの魔物……なんであんなに強かったんだ？　全然強そうに見えないのにな……」

折れた剣の破片を見ながら、ロイターがそう呟く。

ロイターの疑問はもっともだ。
確かに一般的に言って、あの敵は強そうに見えない。

魔法戦闘師は魔力を見るだけで、相手の強さを大雑把に理解する。
あまりに実力差がありすぎると分からないこともあるが、近い実力であれば分かるのが普通だ。
そして魔力という意味で、先ほどの魔物はロイターより遥《はる》か格下に見える。

「考えてみろ。相手は熾天会だぞ？」

「……まさか、【理外の術】か⁉」

「そういうことだ。それも割と高純度な【理外の術】だな。さすがに【純粋理外】とはいかないが、練習相手にはちょうどいいだろう」

そう。

熾天会ギアルス支部を守る者たちは、【理外の術】を使う。

それは熊のような姿をしていても同じだということだ。

「高純度な【理外の術】を使う魔物か……そんなものがいるんですね……」

「厄介な相手だな……。いや、もしかして、さっき思ったんだが……こいつら、本当に魔物なのか？」

ああ、気付いたか。

やはり魔法戦闘師というのは、視覚や魔力探知よりも、戦いを通して敵を理解するものだよな。

「魔物じゃないなら、何だと思う?」

「……人間か?」

「恐らく正解だ。【理外の術】に呑《の》み込まれた人間の末路は、魔族以外にもあるみたいだな。……もっとも、今は魔物と呼んでいいと思うぞ。元人間の魔族を、『人間』とは呼ばないのと同じようにな」

前に俺たちが戦った時にも、【理外の術】に呑み込まれた人間がいた。
彼らは魔族と成り果て、人の姿を失ったが……今倒した熊のようなものも、似たような出自を持つ魔物だろう。
魔族ではなく熊なのは個体差なのか、それとも使った【理外の術】の違いなのか……いずれにしろ、【理外の術】にはまだまだ分かっていない部分が多いようだ。

「ここでは、【メテオ・フォール】以外の魔法のほうがいいですよね? あまりにも目立ちますし……」

ユリルが杖《つえ》を構えながら、俺にそう尋ねる。

基本的にユリルの得意魔法は隕石《いんせき》系なのだが、あれは非常に目立つ魔法だ。

洞窟内での戦闘の場合、それこそ洞窟の天井《てんじょう》ごとぶち抜くような形になるし、どんな魔法を使っているのかは一瞬で分かることだろう。

それどころか、こんな状況でなお隕石系魔法を使うような人間など、よほど隕石系魔法が得意な人間くらいのものだ。

敵地のど真ん中な上、隕石魔法にとっては不利な地下戦場だからな。

下手をすれば『ここにいるのはユリル・アーベントロートです』と言っているのと同じようなことになってしまう。


だが、それで構わない。

「【メテオ・フォール】を使ってくれ。バレるのは承知の上だ」

「……【流星の杖】を使うってことですか？」

『流星の杖』というのは、ユリルに渡した隕石魔法強化用の杖につけた名前だ。

あの杖を使うとメテオ・フォールの威力は一点に集中するようになるため、天井を丸ごとぶち抜くような形に比べれば洞窟に開ける穴も小さく、目立たたなくなることだろう。

魔法の補助が強すぎるせいで成長が遅くなるなどのデメリットもあるので、あまり普段は使わないでほしいと伝えているが……目立たずに隕石魔法を使うという意味では、なかなか使える品だ。


だが……。


「いや、今回はあれを使わないでくれ。天井ごとぶち抜いてかまわない」

「そんなことをしたら、一瞬で『熾天会』に見つかってしまうんじゃ……」

「ここに来た時点で今更だ。むしろ派手に暴《あば》れてほしい。……本当に隠したい魔法のほうを、余波に隠せるようにな」

このような敵地のど真ん中に踏み込んだ時点で、俺たちのことがある程度バレるのは前提条件と言ってもいい。

今回の場合、隠したいものは他にある。

例えば、俺たちの技術レベルだ。


今までの戦いの様子から言って、熾天会は俺に出会った頃のユリルやロイターのような『普通のクラス11』を恐れてはいない。

むしろ、その程度の敵であれば油断してくれる可能性すらある。

下手に侵入自体を隠すより、強さを隠すほうがずっと現実的で効果的だというわけだ。


「分かりました」


ユリルがそう言ったタイミングで、1匹の魔物がこちらに向かってくるのが見えた。

先ほどロイターが倒したのと同じ、熊のような姿をした魔物だ。

ちょうどいい試し撃ちの的だな。


「……【メテオ・フォール】」

ユリルがそう言って、魔法を発動した。

そして……少しすると、轟音《ごうおん》とともに隕石が洞窟の天井を貫き、魔物に直撃した。

だが……隕石の余波で吹き上がった砂埃《すなぼこり》がおさまる頃、魔物はクレーターの中から起き上がり、こちらに向かって突進し始めた。

やはり頑丈だな。


「これで倒れないなんて……！」


そう言いながら、ユリルが移動拘束魔法と移動魔法を発動し、距離を取る。

この状況で使うのが攻撃魔法じゃないあたり、やはり隕石系魔法を使い慣れているな。

隕石魔法は発動が遅いうえに攻撃範囲が広く、周囲や自分自身を巻き込みがちになる。

そのため、慎重に敵との距離を取りながら戦う必要があるのだ。

ユリルだって他の種類の魔法は使えるのだが……得意の【メテオ・フォール】ですら倒せなかった相手に他系統の攻撃魔法が通じるかを考えると、攻撃を急がず拘束と距離の維持に徹した判断は正解だろう。

「ガイアスさん、あの魔法を使ってもいいですか？」

「ああ。あれなら問題ないぞ」

ユリルのいう『あの魔法』というのは、俺が教えた【メテオ・フォール】の改造版のことだろう。

ロイターの魔法ほど根本的に改変を加えたわけではなく、あくまで古典魔法学の範囲内で【メテオ・フォール】を強化したものだが、それなりに威力や着弾時間が改善し、また狭い範囲に威力が集中するようになっている。

それと引き換えに、術式は元々の【メテオ・フォール】よりだいぶ複雑になってしまったが……杖が持つ構築補助能力を考えると、構築にかかる時間はさほど延びないはずだ。

もちろん近くで見れば、ユリルが使っていた【メテオ・フォール】とは全く違った魔法に見えるだろうが……遠くから魔力反応を見る程度であれば、さほど違いが目立たないのもいい点だな。

改変した術式は、あくまで効率を改善することによって強い魔法にしたというだけで、術式に使われる魔力の量などは増えていない。

そのため、術式や威力を近くから見ない限り、普通のクラス11の魔法にしか見えないというわけだ。

「ありがとうございます。……いきます！　【イア・メテオ】！」

そう言ってユリルが魔法を発動すると……半秒ほどで、先ほどよりもだいぶ小ぶりな隕石が魔物に着弾した。

今度こそ魔物は跡形もなく消し飛び、起き上がることはなかった。

術式が複雑になったにもかかわらず、発動時間もコントロールも問題ないようだな。

やはり元々得意な魔法をベースにしただけあって、コツを掴《つか》むのが早いようだ。

「やっぱりこの術式、反則級に強いですね……さすがガイアスさんが作っただけはあります……」

「……まあ、ベースはほとんど普通の【メテオ・フォール】なんだけどな。それはそうとして……さっき、なんて言ってたんだ?」

先ほどコリルが、よく分からない発言をしていた。
いや、おそらくは魔法名の宣言なのだが……その魔法名がおかしかったのだ。
俺の勘違いかもしれないが、一応聞いておこう。

「この魔法が、反則級に強いって話ですか?」

「いや、その前だ」

「その前だと、【イア・メテオ】ですか? 魔法名の宣言のつもりだったんですけど……」

やはりか。

単独戦闘以外で使う魔法には名前をつけるのが、魔法戦闘師としての基本ということになっている。

味方とともに戦う時、いちいち味方の魔法構成まで読みながら戦っていては非効率なので、自分で使う魔法を宣言することによって連携を取りやすくするのだ。

まあ、連携と関係のない魔法を使う場合や、隠密性が重視される場面ではまた別なのだが……基本的には魔法には名前をつけ、それを宣言するのが普通だ。

魔法名は基本的に分かりやすければ何でもよく、同じ魔法に『ファイア・ボール』『火球』などといった形で、複数の名前がついているケースも珍しくない。

他人の魔法を見て真似た場合や、魔法を教えた者から名前を聞いていなかったような場合は、使う者が自分で名前をつけることになる。

そのため、よく使われる魔法はどんどん魔法名が増えていくことになるのだ。

今回俺はユリルに魔法を教える時、魔法に名前をつけなかった。

【メテオ・フォール】を軽くいじっただけのものだったので、適当に『メテオ・フォール改』とでも名付けてもよかったのだが……そもそも俺は単独で戦うケースが多いため、魔法にいちいち名前をつける習慣がなかったのだ。

名前を聞かずに魔法を教わった場合、使う本人が名前をつけるのは普通なのだが……問題はその名前だ。

「メテオは分かるが、『イア』ってなんだ……？」

魔法の名前は、初めて聞いた者でも分かりやすいようにつけるのが基本だ。
対人戦闘でも使われる魔法の場合、あえてわかりにくい名前をつけることもあったりするが、それなら先に『メテオ』の部分を外すべきだろう。

初心者ならともかく、ユリルくらいの魔法戦闘師が命名の基本も知らないとは考えにくい。
だとすれば、『イア』にも何か意味があるはずだが……俺の知らない言葉か何かだろうか。
そう考えていると、ユリルが当然のような顔で答えた。

「魔法に開発者の名前をつけるのは、普通だと思いますけど……」

「……『ガイアス』の『イア』ってことか？」

「はい。ガイアスさんが作ったメテオ魔法なので、最初は『ガイアス・メテオ』にしようと思ったんですけど……私が使う魔法にガイアスさんの名前を全部つけるのは畏れ多い気がして、この名前にしました」

「いや……そんな変なところで気を使わなくていいんだが……」

そもそも、名前を勝手に使われるのには慣れているしな。

この世界にガイアス渓谷やらガイアス盆地やらがいくつあるのかを考えると、今更魔法に多少名前を使われたくらいで気にしても仕方がないというものだ。

まあ、もし『ガイアス・メテオ』という名前にした場合、俺が作った隕石系魔法は山程あるので、どの魔法か分からなくなる問題はあるかもしれないが。

というか、自分の名前をとって『ユリル・メテオ』ではダメだったのだろうか。

ユリルのために作った魔法だし、それが一番分かりやすい気がするのだが。

「イア・メテオ！」

俺が魔法の名前について思案していると、ユリルはまた先ほどの魔法を次の魔物に撃ち込んだ。

どうやら、あの魔法の名前を変えるつもりはないようだ。

とりあえず、ユリルはあまりネーミングセンスがないということは分かったな。

……まあ隕石系の魔法だということは理解できる名前になっているし、ギリギリ及第点なのかもしれないが。


などと考えつつ俺は、自分のすべき作業に取り掛かることにする。

ユリルとロイターが戦ってくれているおかげでいい感じに周囲の魔力が荒れてきたので、今なら本命の魔道具の魔力を隠せるというわけだ。


「起動」


俺は持ってきた魔道具を地面に置くと、それを起動した。

魔道具の効果は主に転移阻害などだが、普通の転移阻害と少し方式が違い、直接空間自体に干渉する術式のため、破られたり気付かれたりしにくい。

メリットばかりではなく、隠密性を重視した結果、展開にとても時間のかかる術式になっているので、ここで戦闘訓練ついでに時間を稼ごうというわけだ。

もちろん、いくら隠密性が高いとは言っても、魔法で空間を改変している以上、それなりには目立つことになる。

だが……。

「【イリス・ファイアー】！」
「【イア・メテオ】！」
「【ロイター・ブレード1】！」

3人が魔物と一緒に暴れまわってくれているおかげで、その程度の魔力の動きは全く気にならない。

特にイリスの魔法は力任せに魔力を叩《たた》き込《こ》むような魔法だけあって魔法的な余波が非常に大きく、隠れ蓑《みの》としては非常にいい魔法だ。

魔力を見ればイリスがドラゴンだということは簡単にバレるだろうが、そのくらい目立つ存在がいてくれたほうが、他の部分に目を向けられる可能性が低くなるしな。

イリスの魔法発動も、だいぶ安定してきたようだ。

始めは発動のたどたどしかった【イリス・ファイアー】も、今ではパンをかじりながらでも発動できるほどに――。

「うわっと！」

なっていないようだった。

イリスは魔法構築の途中でパンのほうに集中してしまったためか、術式を暴走させて爆発《ばくはつ》を起こし、かじっていたパンを黒焦《くろこ》げにしてしまったようだ。

本人は無傷のようだが、やはり飯を食いながら戦うのはよくないな。

そもそも魔法を構築している途中で飯を食わないのは、魔法戦闘師の基本……というわけでもないか。

まず飯を食いながら魔法を組もうとする魔法使いなどいないのだから、誰も新人魔法戦闘師に『術式構築中に飯を食うな』などと教えたりはしないのだ。

まあ、魔法の暴発は暴発で、こっちの魔法を隠蔽するための隠れ蓑としては悪くないか。

暴発の頻度は下がっているし、発動も早くなっているので、【イリス・ファイアー2】も時間の問題かもしれないな。

「さて、あとはしばらく様子見だな」

そう言いつつ俺は、【ロイター・ブレード】の劣化版みたいな魔法を起動し、近づいてきた魔物を斬り捨てた。

通常の【ロイター・ブレード】は残念ながら俺の紋章では使えないため、俺が使うのは発動が遅くて威力の低い劣化版だ。

これで敵は、俺たちのことをクラス11が4人くらいの戦力だと思ってくれるだろう。

イリスはかなり特殊ではあるが、技術のレベルを考えるとクラス11に届くかどうかといったレベルだし、俺は俺でクラス11に合わせた魔法を使っている。

敵に過剰に警戒されず、かつ罠《わな》だとも気付かれにくいラインの戦力を装っているつもりなのだが……うまくいくだろうか。

第四章 chapter 4

——同刻、熾天会《してんかい》マイルズ王国沖・ギアルス支部——

ガイアス一行が戦闘をしている洞窟の続く先にある熾天会の支部は、すでに入り口で起こっている戦闘を察知していた。

「ギアルス様、報告したい件がございます」

「どうした」

「入り口の洞窟付近で、『失敗作』と何者かが戦闘をしているようです。……戦闘の魔力反応からすると、戦力はクラス11相当の魔法戦闘師が3人と……それを遥《はる》かに超える魔力を持つ存在が1体です」

熾天会の支部は、入り口の洞窟には直接的に人員を配置していない。

入り口の魔物たち……熾天会の言う『失敗作』は人間を無差別に襲うため、生半可な人材では殺されてしまう可能性が高い。

かといって、『失敗作』を倒せる人材を置いておくのは無駄が大きすぎる。

もちろん『失敗作』たちをすべて倒せば普通に警備ができるようになるのだが、『失敗作』たちは侵入者たちを勝手に蹴《け》散らしてくれる便利な存在でもあるため、あえて残しているという面が強い。

そういう理由があって、入り口の洞窟は直接的な監視ではなく、魔法計器による監視が行われている。

洞窟内の映像などを直接的に確認できる魔道具もあることはあるのだが、魔道具の視覚をだます方法はいくらでもあるので、主に魔力を監視する形だ。

『目は嘘《うそ》をつくが、魔力は嘘をつかない』というのは、熾天会に限らず魔法セキュリティー関係者の間でもよく言われることだ。

熾天会もその基本に忠実に、魔力反応をベースにした監視を行っていた。

「クラス11が3人も揃《そろ》っている時点で、たまたま迷い込んだという線はなさそうだな」

クラス11というのは、魔法戦闘師の中でも最高峰の存在だ。

一つの国家に数人しかいないようなケースも多いクラス11は極めて貴重かつ危険な存在として、各国により厳重に管理されている。

そのクラス11がたまたま3人も集まり、熾天会の拠点のある洞窟に迷い込む確率は、ほぼ皆無と言っていいだろう。

つまり『クラス11が3人来た』という報告は、どこか国家レベルの力を持つ組織が何らかの意図をもって、熾天会の拠点に乗り込んできたことを意味する。

それも……よりによって、この『マイルズ王国沖・ギアルス支部』に。

最重要の支部とされるこの場所に関する情報は、数ある熾天会の拠点の中でも特に厳重に秘匿されている。

この場所を知るのは一部の幹部のみで、その場所を書いた書類はすべてエイジス暗号によって暗号化する……といったレベルの徹底ぶりだ。

「一体どうやって、この場所を特定した……？」

真っ先に思い当たるのは、先日何らかの原因によって壊滅した、オルドナ支部のことだ。

オルドナ支部は熾天会の中でもそれなりに強い戦力を有した支部であり、それが簡単に壊滅するとは考えにくいのだが……支部が突如消滅し、後には巨大な渓谷だけが残されていたことは、紛れもない事実だ。

支部はなんの情報も残さずに壊滅したため、壊滅が人為的な攻撃によるものなのか、魔法災害などによるものかは分からない。

だが、支部を壊滅させたのが人間だとしたら、そこから情報が漏《も》れた可能性もゼロとは言えないだろう。

しかし……仮に支部を壊滅させて内部にあった資料などを奪ったとしても、重要な情報はすべて暗号化されているため、この場所に関する情報が手に入るとは考えにくい。

重要度の低い支部であれば暗号化されていない情報もあるが、この支部だけは絶対にむりだ。

構成員たちは情報を喋《しゃべ》れないように魔法的拘束がかけられているので、可能性があるとすれば……襲撃者は、エイジス暗号を解読したということになる。

だが、それはまずありえないと言っていいだろう。

エイジス暗号は今まで無数の暗号学者や魔法学者が解読に挑み、失敗してきた暗号だ。

そもそも現実的な時間では解読が不可能であることは魔法暗号学的に証明済みだし、だからこそエイジス暗号はその複雑さと扱いにくさにも拘《かか》わらず、世界的に使用され続けているのだから。

それを破れる可能性があるとしたら、それこそ賢者ガイアスくらいのものだ。

賢者ガイアス、魔法戦闘師ガイアス、大英雄ガイアス……その他いろいろな呼び名があるが、彼がもし今の世界に存在するのであれば、彼こそが世界最強かつ最高峰の魔法使いであることに疑問の余地はない。

解読不可能とされる魔法暗号の解読も、彼であれば可能性はゼロではないかもしれない。

なにしろ賢者ガイアスが存命時に成し遂げてきたことは、今まで魔法学者に不可能とされてきたことばかりなのだから。

とはいえ……賢者ガイアスは１００年も前に消息を絶ってから、今までなんの音沙汰もなかった存在だ。

その100年間に各国が血眼で賢者ガイアスを捜し回り、なんの痕跡も見つけられなかったことを考えると、どこか国家レベルの戦力ですら立ち入ることのできない場所で死亡した、あるいは宇宙にでも旅立った……と考えるのが普通だろう。

果たしてガイアスが死ぬような場所がこの世界に存在するのかは議論の対象となっているが、実際にガイアスが消息を絶ったのは間違いないので、理由はともかく現在の世界にガイアスは存在しないというのが、今の世界での定説だ。

だが、オルドナ支部を跡形もなく消滅させ、ただの渓谷に変えられる存在となると、賢者ガイアスくらいしか心当たりがないのも事実だ。

後に渓谷が残っていたというのも、この世界で最も多い地名が『ガイアス渓谷』であることを考えると、説明がつきやすい。

などと考えていくと、ここに侵入した『クラス11を遥かに超える魔力の持ち主』というのが気になってくる。

それがガイアスだとしたら、この支部は恐らく終わりだ。

「それで、クラス11を遥かに超える魔力の持ち主とやらは、どういった存在だ？　まさかガイアスか?」

ギアルスは緊張とともに、迷宮にそう尋ねた。

魔法戦闘師の区分の上限は、クラス11だ。

そのため理屈上は、どれだけ強い魔法戦闘師であろうとも、区分上は『クラス11』という扱いになるのだが……クラス11も人間である以上、その力はある程度似通っている。

俗に言われる『人間の限界』というやつだ。

昔はクラス10が上限だったのだが、魔法技術の発展によってクラス10の中でも突出した力を持つものが出るようになり、それらを別区分としたのが『クラス11』だ。

クラス11を超える力を持つ人間は一般的に確認されていないので、クラス11が人間の限界……【理外の術】などを使わない場合の限界だと言われているのだ。

その『人間の限界』を超える存在は、高位のドラゴンなどにごく少数存在し『クラス11超え』として、大いに恐れられている。

人間としてその限界を突破した者は、ギアルスの知る限りは、熾天会の『成功作』くらいのものだ。

ちなみに、この理屈からいくとガイアスも『クラス11超えの人間』という扱いになるが、魔法学においてガイアスは『人間と別の存在』として分類するのが通例である。

「いえ、ガイアスではないようです。」

「現在分析中ですが……魔力の質からすると、人化したドラゴンである可能性が高いです」

部下であるメイルドの答えに、ギアルスは胸をなで下ろした。

『クラス11超え』はどんなものであっても凄《すさ》まじい脅威だが、ドラゴンならガイアスよりは数億倍マシだ。

高位のドラゴンは確かに凄まじい力を持つが、倒せない存在ではない。

単体としては『クラス11超え』のドラゴンであろうとも、技術と戦術次第ではクラス11が集まるだけで討伐可能なので、『クラス11超え』さえ持っている熾天会であれば、討伐はそこまで難しくないだろう。

「だが……どうにも嫌な予感がするな」

「嫌な予感……ですか？」

「ああ。根拠を聞かれると難しいが……どうにも嫌な感じだ。何か得体のしれないことが起きている感じがする」

ギアルスは熾天会の幹部としては珍しく、【理外の術】を持っていない上に、個人としての戦力はまったく高くない。

にもかかわらずギアルスがこの最重要拠点を任されているのは、その卓越した危機管理能力や指揮能力が理由だ。

そのギアルスの経験と勘が、危険を告げていた。

本来であればすぐにでも拠点を放棄しての撤退を指示したいくらいだ。

いや、もしギアルスが任されているのが他の支部であれば、間違いなく設備と資料をすべて焼き捨てての撤退を指示しただろう。

報告されている戦力自体は十分に撃退可能なものだが、あまりにも嫌な予感が強すぎる。

こういった状況で撤退を選んだことは、今までに何度かある。

そして彼の判断は、例外なく正解だった。

だが……この支部はそういった形で放棄することができる場所ではない。

たとえその先に破滅が待っているとしても、この拠点だけは死守しなければならないのだ。

「施設全体に、最大レベルでの警戒態勢を指示してくれ。実験や訓練は現時刻を持ってすべて停止、侵入者への対応に全力を注《そそ》ぐ」

「クラス11が3人に、ドラゴンが1匹ですよ。やりすぎではありませんか？」

クラス11といえば、国家レベルの戦力であることは間違いない。

しかし、ここは軍事力だけで言えば下手な国家すら上回る『熾天会』の最重要拠点。

単なる『国家レベルの戦力』が相手であれば、防衛部隊はともかく、防衛に関係のない訓練や実験を中止するほどのことではない。

だが、ギアルスの見立ては違っていた。

「相手がそれだけなら……な。今回の敵は、下手をすればガイアス……あるいは、ガイアスの力を借りた者かもしれない」

「……ガイアスが、ドラゴンのふりをしているということですか？」

「その可能性があると思うか？」

「いいえ。あの魔力は確かに巨大でしたが、過去にデータのあるものです。過去の発見された、人に手を貸す暗黒竜の魔力と酷似しています」

イリスは今までに何度か、人間に対して協力している。

その際に残った痕跡……魔力などのデータが解析されており、特定は比較的容易だったのだ。もっとも、この短時間でそのデータを探し出してくるあたりは、さすが『熾天会』といったところだが。

「ふむ……暗黒竜の力を借りたというわけか。となると、怪しいのはクラス11のほうだな。……侵入者がどの国のクラス11かの見当はついているか？」

「いえ。人間の魔力量と魔力特性では、完全な特定はまだ困難です。系統としては……魔法使いが2人、剣士が1人といったところです」

イリスは単純な魔力の量も多い上、制御が甘いため、周囲に大量の魔力を撒《ま》き散らしている。ドラゴンの魔力は個体差も大きいため、特定はそう難しくない。

だが魔法戦闘師の人間の魔力はしっかりと制御されていて、周囲に漏れる魔力の量は少なくなってくる。

その上、効率的な魔力の制御方法というのはある程度限られているため、魔法戦闘師として洗練されればされるほど、魔力の質というのは似通っていくような面もあるのだ。

もちろん、すぐ近くで見れば簡単にわかるような差なのだが、遠くから魔力だけで判別するとなると、熾天会にとっても難しいところだ。

「ただ、1人はほぼ確定と言っていいと思います。ユリル・アーベントロートです」

「あの裏切り者か……確実なのか？」

「魔法戦闘師の1人は、洞窟という隕石魔法に不利な戦場にもかかわらず、【メテオ・フォール】を使用しました。さらに……その【メテオ・フォール】に対して、【理外の術】が共鳴しました。これは【理外の術】を持った人間にしか起こらない現象です」

「ふむ……【理外の術】を持っていて、さらに隕石系魔法が得意となると、たしかに候補は他にいないか。……【理外の術】を持つ人間が少ないことを考えると、わざとミスリードで【メテオ・フォール】を使った可能性も低そうだな」

そう言ってギアルスは、少し考え込む。

ユリル・アーベントロートという名前を聞いて、彼の危機感はさらに強まった。
それは別に、ユリル・アーベントロートが強いからではない。
彼の危機感の理由は、ユリル・アーベントロートがマイルズ王国のクラス11だという点にある。

『熾天会』の情報網は、マイルズ王国になんらかの重要人物が現れたことを察知していた。

その正体は摑《つか》めていないが、最低でもどこかの国の王族クラスの扱いを受ける人物だ。

しかし、他国の王族で同時期に姿を消した者などいないし、王族などであれば、王国がその正体を隠す理由もない。

王族以外で、それと同等以上の扱いを受ける存在は数が極めて限られるが……その1人がガイアスだ。

国を滅ぼすだけの力を持つ魔物を単独で討伐し、その気になれば大国すら簡単に滅ぼす力を持つ魔法戦闘師ガイアスは、言うまでもなく王族以上の扱いを受ける存在だ。

もちろん、生きていればの話だが。


「他に気になる情報はあるか?」

「はい。一つだけ。……ユリル・アーベントロート以外にも、【理外の術】を持つ魔法使いがいます」

「……それがガイアスの可能性があるな」

メイルドの言葉を聞いて、ギアルスはそう呟《つぶや》いた。

ギアルスの言葉に、メイルドは怪訝《けげん》な顔をする。

「ギアルス様、ガイアスは100年も前に消えた存在です。なぜそこまでガイアスにこだわるのですか？」

「今起きていることに、他の説明がつかないからだ」

オルドナ王国支部の壊滅、特定不可能なはずの拠点の特定、そして王国に現れた正体不明の重要人物。

それぞれ個別になら他の理由でも説明がつけられるかもしれないが……それら全《すべ》てが1人の人間に関わっているとすれば、それはガイアス以外にありえない。

「しかし、ガイアスが【理外の術】を持っているという説は否定されていたはずです」

ガイアスの不自然な強さの理由は、『熾天会』に限らず世界中のあらゆる魔法組織にとっての研究対象だった。

【理外の術】を得意とする『熾天会』が、彼が持つ魔法学では説明のつかないほどの強さの理由として【理外の術】を第一候補に上げたのは当然だろう。

しかしガイアスが残した痕跡は、彼が【理外の術】を持っていないことを示していた。

そのため『熾天会』の中では、ガイアスは【理外の術】を使っていないというのが定説だったのだ。

ギアルス自身も、熾天会の分析の正しさ自体は疑っていない。

だが……その説が『今も正しい』のかどうかというと、話が別だ。

「確かに100年前のガイアスは、【理外の術】を持っていなかったはずだ。だがオルドナ支部を壊滅させたのがガイアスだったとしたら……【理外の術】が奪われた可能性は否定できない」

「しかし【理外の術】は、手に入れたからといって簡単に使えるようなものではないはずです。我々が厳選した適合候補者ですら、成功率は高いとは言いがたく……」

「では仮にガイアスが【理外の術】を手に入れたとして、彼が失敗すると思うか？」

「……思いません」

ガイアスといえば、魔法を少しでも知っている者にとっては絶対的な存在だ。
その認識を持っているのは『熾天会』であっても例外ではない。

「だとすれば、仮にオルドナ支部を壊滅させたのがガイアスだとすれば、彼はすでに【理外の術】を手に入れている可能性が高いということだ」

この点に関して、ギアルスの推測は半分間違っていた。
実際のところ、ガイアスの【理外の術】は熾天会の拠点から奪ったものではなく、王国が持っていた品から抽出したものだ。
だが……ガイアスが【理外の術】を持っているという推測が当たっていることに変わりはない。

「……本当に、襲撃者はガイアスなのですか？」

「分からん。だが、正直なところ……どちらかというと、ガイアスの魔道具を持った人間である可能性が高いと考えている」

ガイアスの魔道具は、たった一つで国家間のパワーバランスを変えてしまうほどの力を持つものも珍しくない。

オルドナ支部の壊滅だって、ガイアスの魔道具があれば説明はついてしまうだろう。

「本人ではない、ということですか」

「本当にガイアス本人がいるとしたら、暗黒竜やクラス11などを連れていても足手まといにしかならないはずだ。それらの力を借りている時点で……もし本人だとしても、万全の状態ではないだろうな」

「万全の状態ではない……ですか」

「ああ。何しろ100年も行方《ゆくえ》不明だったのだ。死んではいなかったとしても、何らかの理由で本来の力を失っている可能性もある。……魔力がクラス11程度にしか見えないというのも、衰えの影響かもしれない。希望的観測だがな」

「……もし、さほど衰えていなかったとしたら？」

「選択肢は1つしかない。ガイアスを殺し、ここを守るまでだ。……相手が誰《だれ》であろうと、この支部を放棄して逃げることは許されない。もし本当にガイアス本人だとしたら、逃げたところで地の果てまで追ってくるだろうがな」

ギアルスは『熾天会』がガイアスと戦った場合、厳しい戦いになると踏んでいた。
確かに『熾天会』が持つ【理外の術】の力は絶大だが、ガイアスは力の強さだけではなく、戦闘技術においても世界最高峰だと言われた存在だ。
絶対に油断できる相手ではない。

とはいえ、ガイアス本人が万全の状態で戦いを挑んできている可能性は低い。
ガイアスの魔道具を持っただけの他人……あるいはクラス11『ごとき』の力を借りるほどまでに落ちぶれたガイアスであれば、勝機はあるだろう。

「殺せるでしょうか」

「殺すしかないさ。……確かにガイアスは最強の魔法戦闘師だが、それは所詮《しょせん》『魔法の世界』での話だ。ガイアスを殺すというのは、我々の【理外の術】が最強だと示すチャンスだとも言える」

そう言いながらも、ギアルスの表情は冴《さ》えない。

どうせ撤退ができないからこそ好材料を探してはいるが、もし撤退が許される立場であれば、ギアルスは間違いなく撤退を宣言しているだろう。

警戒はしつつ、無駄に士気を下げないというのも、彼なりの危機管理の一環だ。

「そう……殺すしかないんだ」

と、ここまで話したところでギアルスは言葉を切った。

今までの会話はあくまで、今回の襲撃がガイアス絡みだと仮定した場合の話だ。

その可能性が低いことくらいは、ギアルスも十分に理解していた。

「まずは敵が本当にガイアスかを確かめるところからだな。偵察隊を送り込む必要があるが……その前に通信魔法だ。暗号化魔法通信設備を使って、他の支部に連絡をしろ。それとガイアスに関する情報があればそれも聞いて。……ただし本部には連絡するなよ」

「分かりました」

本部への連絡を避けたのは、本部の場所が特定されるのを避けるためだ。
通信の内容は暗号化されるため、解読されるとは考えにくいが……通信によって本部の場所を割り出されるようなことがあれば大問題だ。
まずは支部に連絡をして、その支部から本部へと連絡してもらうのがいいだろう。

そう考えてギアルスは通信を待っていたのだが……メイルドからもたらされたのは、ガイアスに関する情報ではなかった。

「ギアルス様、通信魔法が応答しません」

「どの支部の通信魔法だ？」

「全てです」

メイルドの言葉に、ギアルスは頭を抱えた。
熾天会が持つ通信設備は【理外の術】こそ使っていないが、魔法通信としては極めて堅牢《けんろう》で、完成度の高い魔法だ。
それが急に故障するとは考えにくい。
となると……。

「通信妨害魔法か？」

「いえ、通信妨害の形跡はありません。ただ反応がないんです」

「まさか……他の支部は全て壊滅したのか⁉」

通信妨害がないにもかかわらず、他の支部の返事がない。

その理由として考えられるのは……他の支部が壊滅したか、あるいは通信妨害を受けているという可能性だ。

しかし他の支部だって強力な通信設備を持っているはずなので、どちらかというと可能性が高いのは壊滅のほうだろう。

あるいは、気付けないような形で通信妨害が行われていたり……考えにくいが、本当に通信設備が故障している可能性だ。

「仕方ない、通信を試みながらも、こちらで調査をすすめることにしよう。まずは偵察隊として……第3階位の戦力を5人送り込め。殺しが好きな奴《やつ》がいただろう?」

「……偵察に第三位階ですか?」

メイルドが疑問に思ったのは当然だ。

第3位階というのは熾天会の持つ戦力の中でも『クラス11超え』とされる、かなり強力な戦力だ。

普通のクラス11であれば、5人を単独で討伐することすら可能だろう。

その代わり第3位階は強力だが、実のところはただの失敗作だ。

【理外の術】に体が耐えきれず、全力で5回も戦えば死んでしまうのだ。

ある意味、高価な使い捨ての戦力と言っていい。


そのため熾天会は第3位階を、重要な戦いにだけ使う『奥の手』の一つとして運用していた。

たかが偵察に5人も出撃させるのは異例と言っていい。


メイルドは第3位階たちの管理者でもあるので、その『贅沢すぎる』使い方が本当に必要なのかどうか気になるのは仕方のないことだろう。

基本的にギアルスは自分の命令に口を挟ませたりはしないが、メイルドはギアルスの言葉に疑問を挟む権利を持つ、数少ない部下の1人だ。


「だからこそだ。通常のクラス11や高位ドラゴンだったとしたら、まず負けることはない。……逆に言えば、彼らが返り討ちにあうようなら……敵はクラス11では説明がつかない化け物だということだ」

「しかし……それなら第3位階が2人でも、同じことが言えるのでは？」


メイルドがあくまで食い下がるのも無理はない。

第3位階は、ユリルたち3人を相手に勝利しかけたロミギアと比べても遥かに格上……クラス11が3人とドラゴンが1匹なら、2人でもオーバーキルすぎる戦力だと言っていい。

敵に関してはいろいろな推測があるとはいえ、今のところ客観的なデータではその程度の相手でしかないのだから、使い捨ての戦力を惜しむのは当然だろう。

熾天会は味方の命を重視するような組織ではないが、第3位階は単純に戦力として貴重だ。

「もし敵がガイアスの魔道具を持っているとしたら、その程度の戦力があったほうがいいだろう。5人もいれば、魔道具がいくら強くても術者を殺せる。逆に……もし彼らが返り討ちにあうようなら、それこそガイアスの可能性が高い」

強力な魔道具を持つ者を相手取る場合、魔道具自体より持ち主を狙《ねら》うのが基本だ。

当然ながら、人数が多いほうが術者を殺しやすい。

【理外の術】があれば強力な魔法的防御を破ることもできるので、5人いればまず失敗することはないだろいう……というのが、ギアルスの推測だった。

「……承知いたしました。5人出しましょう」

ギアルスの意思は固いと判断し、メイルドは頷《うなず》いた。

第3位階の管理者はメイルドだが、あくまで最終決定者はギアルスだ。

「頼んだ。それと……第四紋を入れるようにして、もし敵がガイアスでないと判断したら特殊魔力エンチャントを使わせてくれ」

「通信魔法の代わりというわけですか」

「ああ。何らかの特殊な方法で、通信が妨害されている可能性もあるからな」

特殊魔力エンチャントは、剣に付与するタイプの攻撃補助魔法の一種だ。

魔石を砕き、内部に含まれる魔素を利用して剣を強化するこの魔法は、連続発動すれば魔力災害を引き起こすほど、周囲に及ぼす魔法的な余波が大きいという特徴を持つ。

つまり発動を極めて簡単に察知できる魔法であるため、通信魔法が使えるか分からない状況であっても、確実に情報を伝達できる魔法なのだ。

単純な攻撃用としても極めて強力な魔法なので、戦闘中に使ったとしても違和感はない。

「しかし……特殊魔力エンチャントを使う前に、第四紋が全滅する可能性はありますね」

「その場合、ガイアスが……あるいはそれに準ずる脅威が来たということだ。もっとも……普通なら、第3位階たちは生きて帰ってくるだろうがな」

「はい。残り寿命の短い第3位階を優先的に向かわせるため、何人か『壊れて』しまう可能性はありますが……敵に負ける可能性は低いでしょう」

客観的なデータを見る限り、送り込む戦力は敵を遥かに上回っている。

今この時はまだ、メイルドもギアルスも、これから起こることを予測できていなかったのだ。

もっとも……予測できていたとしても、防げたかどうかはまた別の問題だが。

『……来るみたいだな』

クラス11のふりをしながら戦う途中で、俺《おれ》は特殊な通信魔法で3人に告げた。

基本的に通信魔法というのは、どうしても傍受の危険がつきまとう。

この通信魔法はその欠点を、複雑な魔法的暗号化などによって克服した通信魔法なのだが……その代わり、魔法術式の処理にかかる負荷は通常の通信魔法とは比べ物にならないほど重くなっている。

真面目《まじめ》に戦う際には、まず使えない代物だ。

特に【完全魔力偽装】を使っている今は、俺の魔法能力の半分以上はこの通信魔法に割かれている。

そこまでしなければ、通信の内容を隠すというのは難しいことなのだ。

……まあ、伝わるタイムラグがあってもよければ、もっと簡単な方法はいくらでもあるのだが。

『敵ですか？』

『俺では気配を感じ取れないが……ガイアスには分かるのか？』

『いや、敵が隠密魔法を使ってこちらに近づきながら、通信魔法を使おうとしている気配がある。内容まではまだ解読できていないが……明らかに戦闘用に作られた通信魔法だな。不意打ちでも仕掛けるつもりなんだろう』

俺の言葉を聞いて、ユリルとロイターが驚いた顔をした。

驚いたというか、信じられないといった顔だ。

『戦闘用の通信魔法……？　熾天会はそんな魔法技術を持っているなんて、聞いたことありませんけど……』

『ガイアスでも内容が解読できないってことは、相当に高度な暗号化通信魔法だよな……？』

『通信魔法って、難しいんですか？　ガイアスさんは普通に使ってますけど……今のこれも通信魔法ですよね？』

俺だって『普通に』は使っていないんだけどな。

こんな魔法、絶対に真面目な戦闘の途中では使いたくない。

確かに通信自体はできるのだが、俺自身の戦闘能力に与える悪影響が大きすぎる。

『……こんな術式、ガイアス以外には使えないと思うぞ。……暗号化通信魔法ってのは普通、なにか喋《しゃべ》ってから返事が返ってくるまでに1分以上かかるもんだ』

『そ、そんなの使ってたら、話してる間にやられちゃうじゃないですか！』

『だから戦闘中には通信魔法なんて使わないんだよ。使うとしたら、相手にも聞こえる前提だな』

戦闘に使えるような速度での暗号化通信が困難であることは、現代魔法学における常識と

で魔法名を叫ぶのだ。

だからこそ魔法使いは、味方にどんな魔法を使うか伝える時、相手に聞こえるのを承知の上で魔法名を叫ぶのだ。


言っていい。


戦闘中に自分たちだけで意思疎通ができれば、凄《すさ》まじい優位性を得ることができるため、暗号化通信魔法は魔法研究者たちにとって最重要課題の一つとされているようだが……俺を含めて1人も、実戦で使用可能なレベルの暗号化通信魔法を作り出せた者はいない。

例外として『亜魔族』と呼ばれる、群れを作るタイプの魔族が固有の術式によって『味方にしか伝わらない通信』を可能にしているようだが、あれも人間が持つ紋章——少なくとも今までに発見されている四つの紋章では使用不可能なことが証明されている。

理由はいくつかあるが、十分な強度の魔法暗号を連続的に生成し、送られてきた魔法暗号を解読し続けるには多大な魔法的リソースが必要となるため、それが戦闘を邪魔してしまうのだ。


こういった経緯があるので、『戦闘用の通信魔法』という単語を聞いて2人が驚くことには何の不思議もない。

今までも開発者が『戦闘用の通信魔法』と名付けた魔法は無数にあったが、その全《すべ》ては術式が難しすぎて戦闘中に使えなかったり、簡単に解読されてしまうような代物だったりするからな。

しかし、敵が実際にその魔法を使っていて、その暗号を俺がまだ解読できていないということは、少なくとも敵は『実用的な戦闘用の通信魔法』を持っているということになる。

本当にそんなものがあるなら、魔法史に残る発見だ。

ただし……それが魔法によって行われているとすればの話だが。

『この暗号化通信魔法は魔法じゃなくて【理外の術】を主軸にして組まれているみたいだな。恐らく、【理外の術】を暗号化と復号化に使っているんだろう。亜魔族の劣化版だな』

通信魔法はその性質上、どうしても空間に魔力を撒《ま》き散らし、その魔力によって情報を伝える必要がある。

しかし魔力というのは基本的に観測が簡単なものなので、『受動探知』などの応用で魔力の動きを拾えば、情報を横取りできてしまう。

逆に言えば、魔力に頼らない通信であれば、傍受はされないというわけだ。

それを可能にしたのが亜魔族だ。

彼らは同種同士で魂を共鳴させあうことによって、傍受不可能な音声通信を行うだけでなく、視覚や嗅覚すら同時の共有を可能にしている。

あそこまでされてしまうと、さすがに傍受はお手上げだ。
しかし、今回の敵の術式はそこまで完璧《かんぺき》なものではないようだ。
彼らは【理外の術】を使うことによって、そこそこ高度な暗号化と復号化を連続的に行うという大仕事を、戦闘や移動の片手間にできるような負荷で行うことに成功した。

だが、いくら強力な暗号化が施されているとしても、情報を持った魔力が空中を飛んでいることに変わりはない。
【理外の術】と別の方法でもいいから、とにかくその魔力さえ解読してしまえば、情報は傍受できるというわけだ。

『よし、暗号が解けたぞ。傍受は成功だ』

『成功って……敵と同じ【理外の術】を使ったのか？』

『いや……敵が使っているのは、恐らく俺とは違う種類の【理外の術】だな。だから普通に魔法で解《ほど》いた』

『……【理外の術】を使った暗号って、魔法で解けるものなんですか……？』

『何を使っていようが、暗号は暗号だ。……【理外の術】は暗号化の道具としても素晴らしいみたいだが、中身の暗号があまりよくなかったな』

魔法暗号の理論は、魔法学というよりも数学の領分だ。

実際に暗号化や復号化の計算を行う道具として魔法が使われるだけで、中身の暗号自体は数学の産物と言ってもいい。

そして……【理外の術】を使った暗号化や復号化にも同じことが言える。

今回、敵が使っていた暗号は『エイジス暗号』などと呼ばれている、数学的に欠陥のある暗号をベースとしたものだ。

元々は俺が情報圧縮用に作ったもので、情報を隠すための暗号としては使い物にならないと思っていたのだが……どうも今の世界ではこの暗号が安全なものだと勘違いされているらしく、なにかと使われがちな暗号（?）だ。

敵は恐らく【理外の術】を使って、この『エイジス暗号』の生成と解読を高速に行うことを可能にして、暗号化通信に成功した。

今まで俺が暗号の解読に手間取っていたのは、敵が1秒に100回近くも『エイジス暗号』を送信する上に、それの解読結果をつなぎ合わせなければ意味が分からないため、普段のような総当たり式の解読には手間取ったのだ。

とはいえ……【理外の術】の関係なのか、敵の『エイジス暗号』は鍵《かぎ》魔法陣が一種類しかなかったので、ひとつ解読に成功して鍵魔法陣を割り出してしまえば、あとはいくらでも解読できるのだが。

『中身の暗号がよくなかったって……？』

『エイジス暗号だ』

『ああ、開発者が相手となると、分が悪いですよね……』

『……本当に高性能な暗号魔法なら、開発者だって簡単には解けないはずなんだが……あれは暗号としては欠陥品だからな……』

などと話していると、解読魔法にまた反応があった。

どうやら敵が会話を始めるようだ。

『とりあえず、盗聴魔法をこの通信に接続するぞ』

俺はそう言って、今まで俺たちが話していた通信魔法に、盗聴魔法を接続した。

すると通信魔法から、敵の声が聞こえ始めた。

『ようやく、あの力が使える時が来たってわけね……！』

『まだ決まったわけじゃないぞ。敵の力次第では、使わずに済ませる』

『そうは言っても、クラス11が４人もいるんだろ？　いくら俺たちが人殺しのプロでも、俺たち３人が自力で相手するのはちょっと厳しいと思うぜ』

『……その通りだが、俺たち全員が力を使う必要はないはずだ。俺たちのうち1人でも力を開放すれば、それで十分だろう』

敵はどうやら、『あの力』とやらの使い方について相談しているらしいな。

話の内容からしても、相手が熾天会であることからしても、力というのは【理外の術】であることは間違いないだろう。

恐らくその力は、それなりの危険か代償を必要とするものなのだろうな。

そうでなければ力を使うことを惜しんだりせず、全員が全力で戦えば済む話だ。

人殺しのプロを自称しているあたり、おそらくは【理外の術】抜きでも対人戦闘の経験が豊富な者たちのだろうな。

できればもう少し詳しく知りたいところだ。

などと考えていると、通信魔法からまた声が聞こえた。

『せっかく最初から全力を出す許可が出てるのに、なんで出し渋るの？』

『あの力は、あくまで保険だ。使えば俺たちの寿命は急激に縮むことになるし、その場で死ぬ可能性だって低くはない。……まずは技で殺しに行き、それがダメそうなら力に頼る……それが俺たちの基本戦略のはずだ』

やはり命の危険があるのか。
魔族化の危険ではなく、死の危険について話しているということは、前に見た『半神化』とはリスクも違うようだな。

3人のうち1人が力を使えば十分だということは、前の支部で使われた『半神化』よりは強力なものかもしれない。
もっとも、支部統括レイシアの使った【純粋理外】も1人でクラス11を4人殺すのに十分な代物だったので、あれと似たようなものかもしれないが。
いずれにしろ、ただ入り口を少しついただけでそのレベルの敵が3人も出てくるあたり、やはり普通の支部とこの支部はわけが違うようだ。

『……まさか、死ぬのが怖いの？』

『怖いさ。……だって、死んだらもう誰《だれ》も殺せないんだぜ？　もっと殺したいだろ』

『確かに、言われてみればそうね。力を開放する役目は譲ってあげるわ』

どうやら彼らは殺しを楽しむタイプのようだな。

ロミギアもそうだったが、熾天会の戦闘員には殺しを楽しむ人間が多いようだ。

まあ、基本的に技術というのは楽しんだほうが上達しやすいものなので、対人戦要員に人殺しを好む者が多いのは不思議でもないのかもしれない。

俺も戦闘が好きだからこそ、ここまで鍛錬を積んできたわけだしな。

もっとも、俺のように戦闘を楽しむ者と、人を殺すことを楽しむ者を一緒にしてほしくはないのだが。

合法的な魔法戦闘師も対人戦闘をすることは多いが、魔法戦闘師の中で、人を殺すこと自体を楽しむ者はごく少ない。

多くは戦闘自体に興味があるか、戦闘の結果として得られる富や名声に興味があるかだ。

では、『人を殺すこと』自体を楽しむ者がどこに行くのかというと……こういった犯罪組織に流れるのだろうな。

魔法戦闘師にも犯罪者などを討伐する仕事があるのだが、犯罪組織と違って、好き勝手殺すというわけにはいかない。

その点、人の命をなんとも思っていなさそうな犯罪組織であれば、やりたい放題というわけだ。

『あ？　お前が開放しろよ。殺すぞ？』

『やってみなよ。お前から手を出してくれれば、私は1人多く殺せることになる』

そして彼らは、同じ組織の人間が相手であってもお構いなしのようだ。

声色を聞いている感じ、下手をすればこのまま殺し合いかねない様子だな。

どうやら彼らに、仲間意識とかはないらしい。

彼らが任務を達成した後、戦闘中の事故や相手による攻撃の結果に見せかけてもう片方を殺しても、俺は不思議には思わないだろう。

まあ、彼らの任務が俺たちを殺すことだとしたら、『彼らが任務を達成した後』などという時は永遠に来ないのだが。


通信魔法の位置と敵の移動速度を見る限り、彼らとの接敵まではあと5分といったところか。

この一帯には強力な転移阻害魔法がかけられているので、敵がそれを解除でもしない限り、敵も転移魔法を使うことはできない。

転移阻害を解除するということは、侵入者だって島のどこへでも簡単に出入りできるようになるということなので、まず解除される可能性はないとみていいだろう。


問題は、どう戦うかだな。

敵の力次第だが、できれば俺たちの本当の力は隠したまま敵をつぶしたいところだ。

それなりの力を持った敵をつぶす以上、ある程度警戒されるのは仕方がないが、絶望されるのは困る。

もし、この支部の上層部が敗北を確信した場合……または俺たちと戦うリスクが大きすぎると判断した場合、敵が支部に残る全ての設備と資料を焼き捨てて逃亡を図るような可能性すらある。

俺たちはただ支部をつぶしにきているわけではなく、【理外の術】の入手を目的としているのだから、逃げられては困るのだ。

最悪、敵の人間が多少逃げるのは仕方がないが、せめて設備と資料は置いていってもらわねばならない。

もっとも、熾天会という組織は表社会にとってかなり危険な敵のようなので、全滅させるに越したことはないのだが。

俺も別に正義の味方というわけではないが、なんだかんだいろいろな国と関係があるし、協力することだって多いからな。

犯罪組織に好き勝手やられて、味方の国を弱体化させられても困るのだ。

というわけで、敵の逃亡を不可能にする準備が整うまでは、力を隠しておきたい。

そのためにも敵が油断して、3人のうち1人しか力を開放しないで戦ってくれると助かるな。

普段であれば戦闘を楽しむために、敵にはできるだけ全力を出してほしいのだが、今回は戦闘を楽しむことよりも重要な目的がある。

今のところ彼らはあまり俺たちを危険視していないようだし、3人のうち2人だけでも油断している間に倒せれば、残り1人を『普通のクラス11のふり』をしながら倒すのはだいぶ楽になるだろう。

などと期待していたのだが……通信魔法から聞こえた声が、その期待を打ち砕いた。

『相談しているところ悪いが、今回の戦闘において、力の解放は『許可』ではなく『命令』だ。接敵前に、必ず開放しろ』

初めて聞く声だ。彼は今までの会話には登場していない。

そして彼の通信魔法は、この支部の奥深く……今俺たちに向かってきている敵とは全く違った場所から聞こえた。

実行部隊に命令しているあたりから見ても、おそらく支部の上層部だろうな。

どうやら実行部隊は俺たちに対して油断してくれているようだが、上層部はそうでもないらしい。

俺たちの正体が見抜かれている……あるいは、そこそこ正確に予想されている可能性もゼロではないな。

一応、今の世界では『ガイアスは死んだ』というのが通説のようだが……その説を信じている者ばかりではないようだし、【理外の術】には人間の生死を確かめるようなものだってあるかもしれない。

未知の力を使う組織が相手なのだ。いろいろな可能性を考えておくべきだろう。

もっとも、何も知られていない可能性のほうが高いので、力を隠しておきたいという点に変わりはないが。

戦い方を告げるべく3人のほうを見ると、ユリルが何か言いたそうな顔をしているのが見えた。

だが、ユリルは言うべきことがある時にそれを黙っているようなタイプではないような気がする。

だとすると、ユリルが気にしているのは……。

『ああ、この通信は敵には聞こえてないから、安心していいぞ』

『ど、どうして私がそれを気にしてるって分かったんですか⁉』

『通信魔法から敵の声が聞こえることなんて、なかなかないからな。心配になるのもわからないではない』

確かに、通信魔法から敵の声が聞こえると、まるで敵が自分たちの通信魔法に参加しているかのように感じるな。

通信魔法に傍受音声を流すのは、俺も初めてだ。

そもそも俺は1人で戦うことが多かったため、通信魔法を使う機会自体があまり多くなかったのだが。

戦闘中など、移動できない理由がある時以外は、転移魔法で直接出向いたほうが安全で簡単だしな。

『それで……敵はすぐに来ますよね？　私たちはどう戦いますか？』

『特別な戦い方はしないでいい。まずは普通に格上と戦う時のやり方で戦ってくれ』

敵の力の特性まではまだ摑《つか》めていないが、相手が魔法であれ【理外の術】であれ、戦闘というもの自体の基本は変わらない。

もちろん、敵の性質によって最適な戦い方というのは当然変わってくるが、相手が【理外の術】である以上、戦ってみなければその性質は分からない。


極端な話をしてしまえば、防御不能な広範囲攻撃などが相手の場合、対処法は『逃げる』以外になくなってしまうし、転移阻害を破れなければその時点で詰みだが……そのレベルの力であれば3人も送り込む必要はないはずなので、そこまで悲観的になる必要はないだろう。

まず、そこまで万能な力があるのなら、熾天会はこんな場所に隠れる必要もなく、もっと表立って動いているはずだ。


もっとも、そういった切り札を一つや二つ隠している可能性まで否定できないのだが。

使い捨ての強力な力などであれば、できるだけ温存したいだろうしな。

そういった意味でも、『3人全員の力を開放しろ』という敵の命令は、1人では確実に俺たちを倒せると確信できないレベルの力だという推測が立つ。


初見殺しの力を不意打ちで使うのであれば、人数を増やすことにそこまでの意味はない。

1人の敵を確実に倒せるような力なら、敵と同じ人数を揃《そろ》えれば完璧な初見殺しができるが、俺たちが4人いるのに対して、敵は3人しかいない。

このあたりを考えると、単純に人数を増やすと戦闘が有利になるような戦闘……つまり、一般的な戦闘のセオリーがそこそこ通じるような戦闘スタイルである可能性が高い。

『人数を増やすと有利』というのは当たり前のようだが、あまりに力の差がありすぎたりする場合には当てはまらない。

未知の力と戦う場合、こういった些細《ささい》な情報でも重要なヒントになる。

なにしろ、敵の力によっては接敵した瞬間に……いや、接敵するまでもなく、この星ごと消滅させられる可能性すらあるのだ。

【理外の術】が熾星霊《しせいれい》の力であり、魔法理論の通じない力である以上、何が起こっても文句は言えない。

だからこそ、情報収集を怠るわけにはいかないだろう。

『格上相手……ですか』

『ガイアスと模擬戦をしていてよかったな。理不尽なまでに強い相手との戦いなら慣れてるぜ』

『ガイアスさんに比べたら、『熾天会』なんて怖くないです！』

熾天会を相手にとる際に、ユリルたち3人にとって格上の相手と戦う機会が多いことは予想がついていた。

だから事前にそういった相手との戦いに慣れるために、待機時間などで模擬戦をしていたのだ。

格上相手と戦う際の、ちょっとしたテクニックなども教えている。

その結果……3人はどうやら、謎《なぞ》の自信をつけているようだ。

まあ、強敵相手に萎縮するよりはずっとマシだろう。

などと考えているうちに、敵の魔力反応は俺たちのすぐ近くまでやってきていた。

彼らの魂の状態まで分かるほど近くに。

熾天会が俺たちに送った、恐らく多大な代償を伴うであろう【理外の術】を持った敵の魂は——驚くほど普通だった。

理外の術による魔力の歪《ゆが》みはあるが、魂自体にはほとんど歪みがないと言っていい。

一般人と全く変わらないレベルだ。

魂はある程度の再生力を持っているが、基本的には非常に脆いものだ。

少さな傷や歪みであれば自然に治るものの、ある一定以上の傷や歪みができると、修復は機能しなくなる。

それこそ魂を直接いじったり、【理外の術】のような代物を使ったりしなければ魂がそんなに歪むことはないが、熾天会の中でそれなりに力を持った者はほぼ例外なく、歪んだ魂を持っていた。


そして傷ついたり歪んだりした魂は、どんな魔法を使っても直すことができない。

『そういった魔法が発明されていない』というだけの話ではなく、そもそも魔法で魂を直すことは不可能だと証明されている。

魔法では魂を壊したり歪めたりすることはできても、直したり整えたりすることは絶対にできないのだ。


だが今回の敵には、魂の歪みがない。

それは彼らは、魂に対して一度も大きなダメージを受けたことがないということを意味する。

まあ、『魂を修復する理外の術』なんてものがあったとしたら、話は別なのだが。

魂を直せないというのは、あくまで魔法学的に不可能だというだけの話であって、魔法で不可能なことを可能にしてしまう【理外の術】にその縛りは通じないからな。

というか、理外の術でいいのであれば、おそらく魂を直す方法は存在する。

今までの調査の結果、宇宙のどこかに時間を操作する【理外の術】が存在する可能性が高いとされているのだが……時間を戻すことができれば、魂が傷つく前に戻ることによって、魂を直すことができるというわけだ。

とはいえ……魂が修復できる【理外の術】を『熾天会』が持っているのなら、支部統括のレイシアがそれを使っていてもよかったはずだから、どちらかというと彼らは魂を直したというよりも、最初から魂を傷つけたり歪めたりしていないだけだという可能性のほうが高いが。

『きれいな魂だな』

『普通の人みたいに見えますけど……彼らが使うのは、本当に【理外の術】なんでしょうか？　少なくとも敵のうち2人は、高位の魔法使いに見えます』

『……あと一人は、高位の魔法剣士だな。俺と同じ第四紋だ』

『それって、ただの強い人たちだったりとか……？』

ユリルとロイターが『受動探知』を使って敵の魂を見ながら、そう呟《つぶや》く。

イリスは魔力から魂を感じ取るような力はないはずなので、なんとなく話に乗っているだけだろう。

確かに、今回の敵の魔力は、【理外の術】抜きでもそれなりに戦い慣れていそうな雰囲気だ。

恐らくユリルやロイターよりは少し格下だが、王国などが言っている基準だと『クラス10』か『クラス11』に分類されそうな感じだな。

【理外の術】を使わなくても、それなりには戦えるはずだ。

『いや、あいつらも【理外の術】は持ってるぞ。……魂を歪めないまま【理外の術】を持ってるって意味では、俺たちと同じだ』

彼らの魔力には、明らかに魔法学的な説明がつきそうにない歪みがあった。

これは【理外の術】の特徴だ。

彼らは魂の歪みを小さくとどめたまま、【理外の術】を持っている。

これは、別にそこまで珍しいことでもない。

俺の魂は【理外の術】を入れた時にわずかに歪んだが、それは修復可能なレベルにとどまった。

ユリルの魂も、さほど大きくは歪んでいない。

熾天会の敵だって、弱い下っ端には魂がさほど歪んでいない者もいた。

今までに見た『理外の術を持ち、魂があまり歪んでいない者』の共通点は、その【理外の術】があまり強くはないことだ。

ユリルの【理外の術】の効果は魔法をわずかに強化する程度の話にとどまるし、俺の【理外の術】もあまり実用的とはいえない。

もし敵が強力な【理外の術】を持つとしたら、俺たちにとっても貴重なサンプルかもしれないな。

彼らがどうやって力を手に入れたか次第では、同じことをすれば俺たちも魂を維持したまま強くなれるかもしれない。

それと……近くから【理外の術】による魔力の歪みを観察したことによって、敵の力の正体にも予想がついてきた。

『俺の予想だと、敵の力は単純に魔法を強化するような力だな』

『どうしてそう思うんだ？』

『……似たような【理外の術】を見たことがある』

俺の言葉を聞いて、ユリルは少し考え込む。

そして……ユリルは尋ねた。

『もしかして、私の力ですか？』

ユリルの推測は当たっている。

敵の周囲の魔力の歪み方は、ユリルが持っているものと少しに似ていた。

【理外の術】の影響の大きさは比べ物にならないが、ユリルにも彼らと似た方向性の魔力の歪みがある。
だが、ユリルの魔力感知能力では、この微妙な類似性は分からないはずだ。
それとも同じ力を持つ者同士だと分かるものなのだろうか。

『どうしてそう思った？』

『織天会は、魔法を強化する【理外の術】を重視していました。私はそれを得た人間の中で『失敗作』と呼ばれていましたが……『成功作』と呼ばれる人たちを見たことがあるからです』

『そいつらの魂も普通だったのか？』

『……人によっては普通でした。逆に、歪んでいる人はものすごく歪んでいましたが……』

なるほど。
それで魂の歪んでいない敵を見て、『成功作』だと思ったのか。
けっこう当たっていそうな推測だな。

『じゃあ、今回の相手はその『成功作』かもしれないな。……そろそろ敵が来るから、通信を切るぞ』

『分かりました！』

『了解です！』

俺は会話を終えて、通信魔法を切った。
暗号化通信魔法を起動したままでは、まともに戦えないからな。
通信傍受魔法は大した魔法的リソースを食わない割に効果が高そうなので、こっちだけ使うことにしよう。

しかし、本当に敵が魔法を強化するような【理外の術】を持っていて、それが魂を歪めないとしたら……俺にとって理想的な代物だな。
ぜひとも手に入れたいところだ。

などと考えていると、敵が俺たちから少し離れた場所で止まった。

【完全魔力偽装】を解けば、遠隔魔法で吹き飛ばせる位置だが……クラス11のふりをしながらだと、この位置からでは倒しきれないな。

敵も、俺たちに気付かれている可能性を考えた上で間合いを取っているのだろうが。

『ここからは魔法を打ち込める距離に入る。……どうにかして不意打ちを仕掛けるか？』

『いや、俺たちが力を開放すれば、どうせ魔力の余波で気付かれる。全員で力を開放する命令が下っている以上、不意打ちは不可能だ』

『了解。……開放する』

そんな会話とともに……3人の魔力が、一気に膨れ上がった。

俺やイリスすら遥《はる》かにしのぐ、膨大な量の魔力だ。

そして魔力の量だけではなく魔法圧も、人間の保持できるような量だとは思えなかった。

「こ、この魔力は……⁉」

「……いきなりこんな化け物が出てくるなんて、さすがは熾天会の重要拠点だな……」

「な、なんか怖いです！」

こんな化け物じみた魔力を探知できない者は、このパーティーにはいない。
というか魔法戦闘師ですらない一般人でも、これほど巨大な力なら本能的に感じ取れることだろう。
イリスでさえ、敵の魔力のあまりの凄《すさ》まじさに驚いているようだ。

「やっぱり、魂の歪まない強力な【理外の術】なんて、簡単には手に入らないんだな」

「……『成功作』たちの魂が人によって全然違ったのは、こういうことだったんですね」

変わったのは、彼らの魔力だけではなかった。
彼らの魂にも、大きな変化があったのだ。

力を開放する前は普通だった彼らの魂は、今や『熾天会』の中でもまれに見るほどに歪んでいる。

特に真ん中の1人は、ほとんど崩壊寸前――これ以上少しでも魂が傷つけば、崩壊を迎えて死に至るような有様だ。

つまり、この力は得るときではなく、使うときに魂が歪む仕組みだったというわけだ。

それも……やってみなければ、どのくらい歪むかすら分からないような代物みたいだな。

「『成功作』って呼び方を知ってるってことは……お前、裏切り者か。殺しがいがあっていいな」

「殺しがいがあるのは、裏切り者に限った話じゃないわ。魔法戦闘師、商人、一般市民、子供……同じ殺しでも、みんな違った良さがあるのよ」

「まあ、それはそうだが……失敗作を処分するのって、なんか楽しくないか?」

敵はそう話しながら、物陰から顔を出した。

男が2人、女が1人――魔法戦闘師としてのタイプはそれぞれ違うが、実力は大体同じくらいだな。

彼らはまだ暗号化通信魔法を起動したままにも拘《かか》わらず、俺たちに聞こえるように会話しているあたりを見ると、挑発の意味もあるのかもしれないな。

まあ、通信魔法で話していた内容からして、彼らが殺人を楽しんでいるのは本心のようだが。

「……魂だけじゃなくて、性格まで歪んでるのね」

「これだけ魂が歪んでれば、魂に干渉する魔法とかで倒せるんじゃないか？」

ユリルとロイターはそう言いながらも、冷静に敵の魔力を観察している。

相手の会話に乗りながら時間を稼ぎ、戦いの準備をするのは、魔法戦闘師との基本だ。

特に格上相手では、交戦せずにいられる時間というのは貴重なものだ。

そのため格下を確実に倒したい場合には、できるだけ早く攻撃を仕掛けるのが普通だが……

彼らが会話をしているのは、ただの挑発というわけでもなさそうだな。

敵の魔力は時間とともに、少しずつ安定してきている。

恐らく、力を開放した直後はまだ、量の多すぎる魔力のコントロールがあまりうまくいっていなかったのだろう。

今も万全のコントロールとは言いがたいが、多少はマシになったというわけだ。

ユリルたちも、そのことには気付いているはずだ。

だが格上を相手に、自分から攻撃を仕掛けるのは、逆に隙をつかれる可能性も高い。

しかし、逆に敵が隙を見せたときには、しっかりと反撃する必要がある。

そうでなければ敵は自分の隙を気にせず、攻撃に専念することができる。

いつ攻撃を仕掛けるか、どう仕掛けるか……。

ただ話しているだけに見えても、水面下では緻密な駆け引きが行われているのだ。

「ニンゲンは殺しちゃだめです！　宝石とかくれるんですよ！」

……まあ、約1名、そういう駆け引きと関係のない者もいるが。

イリスは人間ではなくドラゴンだから仕方のないことだ。

まあ、イリスも戦いを勉強するうちに、そのうちこういった駆け引きを理解してくれるだろう。

300年……いや500年くらいあれば、多少は覚えてくれる……はずだ。

そう信じたい。


「……自滅は期待しないほうがよさそうだな」

俺は敵を観察しながら、そう告げた。


この時間は、敵の自滅を待つ時間でもあった。

敵のうち1人は、崩壊寸前まで魂が歪んでいる。

今は膨大な魔力によってカバーしているようだが、あの魔力がなくなれば日常生活にすら影響が出るレベルだ。

もし彼らの魂が時間とともに歪んでいくなら、俺たちが攻撃する必要もなく、敵のうち1人は自滅することになる。

もし3人のうち1人でも減れば、だいぶ戦いやすくなる。

だから少し期待していた部分もあったのだが、敵の魂は解放の瞬間に一気に歪んだだけで、そこからは変化がなかった。

敵が俺たちへの攻撃を急がないあたりからしても、この【理外の術】による魂の歪みは、開放した後はほぼ進まないのだろう。

などと考えていると、通信傍受魔法に反応があった。

『どうだ、力は安定してきたか？』

『いつでもいけるわ』

『とっくに準備できてるっての』

どうやら敵は攻撃のタイミングを合わせ始めたようだ。

もしユリルたちが対応できなそうなら、手を出す必要があるが……大丈夫そうだな。

『どいつから倒す？』

『ドラゴンは後回しでいいだろう。人間のほうが殺してて楽しいし、ガイアスの可能性があるのも人間だけだ。……魔力を見る限り、ガイアスはいなさそうだけどな』

『真ん中のやつ、昔見たガイアスの肖像画と顔が似てないか?』

『顔なんてあてになるかよ。年齢すら魔法で変えられるんだぞ。……本物のガイアスは、魔力を見ただけですぐ分かるほどの化け物だろ? ここにいるやつらなんか、力を開放する前の俺たちでも倒せそうだぞ?』

……やはり彼らも、ここにガイアスがいる可能性を聞いてきたようだな。

そして【完全魔力偽装】で正体を隠す作戦は、今のところうまくいっているらしい。

『まあ、そうね。じゃあ私、あの偽ガイアスを担当するわ。1番弱そうだし』

『俺《おれ》は女を殺す。人間の女を殺すのが1番楽しい』

『じゃあ、俺は剣士だな。同じ第四紋の剣士同士、格の違いを思い知らせてやるぜ』

誰《だれ》が誰を殺すかの話がまとまったようだ。

どうやら彼らの中での俺の呼び名は『偽ガイアス』で決まってしまったようだな。

1番弱そうなどと言われているので、期待を裏切らないように、もっと弱いふりをすべきだろうか？

などと考えていると……敵の剣士が動いた。

『俺からいくぜ』


そう言って敵は、ロイターに向かって加速魔法を使いながら踏み込む。

膨大な魔力を得た加速魔法は、ロイターと敵の間にあった距離を一瞬で詰めた。

そして敵は剣を振るが——その剣は明らかに戦闘慣れしていない、素人のような剣だった。


「お？」


ロイターはその剣に戸惑いながらも——まったく油断を見せなかった。

当然だろう。敵の身のこなしや体形は、明らかに鍛えられた剣士のそれだ。

剣も腰が入っていないように見せつつ、その剣筋はブレがなく、きっちり一撃で仕留める気満々の剣だった。

あえて初心者のふりをすることで油断させようとしたわけだが……ちょっと分かり易すぎるな。

まあ、ロイターもこんな分かりきった罠《わな》に引っかかることはない。

ロイターだって、幾度となく対人戦を繰り返してきた人間なのだから。

「……っと！」

敵の剣を受け止めたロイターが、回転しながら吹き飛ばされる。

教えた通りの対応だな。

未知の剣術――それも格上の剣を受け止める時、あえて吹き飛ばされることによって衝撃を殺すのは、割りとよくある技術だ。

とはいえ、威力によっては吹き飛ばされる速度が速すぎて、壁に激突した時に体勢を崩し、そのまま追撃を受ける可能性が高くなってしまう。

だから敵の攻撃の威力を、速度だけではなく回転力にも変換することによって、少しでも速度を落とすというわけだ。

だが強力な魔法剣術が相手の場合、吹き飛ばされるのも簡単ではない。

鋭利な魔法剣術は、アダマンタイト合金程度なら紙のように切り裂き、吹き飛ばされる間もなく敵を両断してしまう。

そのため敵の攻撃をうまく受け止めて分散させるために、防御特化型の魔法剣術が必要となるのだ。

その剣術の使い方を教えることは、俺がロイターとの模擬戦で重視していた内容の一つだ。

（……敵が使っているのは、普通の魔法剣術か。想定していた内容は、間違っていなかったみたいだな）


ロイターが吹き飛ばされた剣に込められていたのは、【斬鉄】や【鋭利化】などといった、極めて一般的な剣術魔法だ。

もちろん、出力は異常に大きいのだが、術式自体は普通だ。

そして剣の振り方も……わざと素人のふりをして油断させていたという意味だと普通ではなかったが、彼らの力に合わせた特殊な剣術でないという意味では、普通だった。


敵の戦闘は決して下手ではない。

今の世界の基準でいうと、むしろ魔法戦闘師としても上手《うま》いほうに入るだろう。

ロイターと比べて少しだけ下手だが、その差はそこまで大きくない。

だが彼らは、【理外の術】による異常な力を、普通の剣や魔法と同じような感覚で扱っている。

力というのは量によってまったく扱いが異なるものなのだが、敵は元々の力で練習した剣術をそのまま使っているため、【理外の術】による暴力的なまでの魔力を活かしきれていないのだ。

普通の剣というのは、受け止められたり受け流されたりすることを想定して放つものだ。だから受け止められても自分の体勢が崩れにくいようにしたり、逆に相手が受け止めにくいような位置を狙《ねら》ったりする。

しかし、今の敵の剣を受け止められる相手などほぼ存在しないのだから、今の彼らはそういった心配をせず、ただ力で押しつぶすような剣術を使えばいい。

受け流すことすらできないような力で、地面と剣の間で挟み付けるようにして斬るだけで十分だ。

そのほうが防御はしにくいし、相手が相打ちを狙ってきたとしても、今の魔法出力で防御魔法でも展開しておけば簡単に防げるだろう。

そういった工夫がなかったからこそ、ロイターは簡単に自分から吹き飛んで威力を殺すことができた。

敵は確かに強い力を持っているが、それを十分に生かせているとは言いがたい。

もっとも……たった一度の開放でどれだけ彼らの魂が歪《ゆが》んだかを考えると、練習で力を開放するのは難しい……というか二回目に使っただけで死んでもおかしくないし、この力に慣れていないのは当然とも言えるのだが。

このあたりを見ても、魂を修復する【理外の術】は持っていなさそうな感じがするな。

もし何度もこの力を使って練習できるのであれば、もうちょっとマシな使い方をすることだろう。

などと考えながら見ていると、ロイターが壁のわずか手前で展開した結界魔法を蹴《け》って跳ね返った。

壁を蹴って反転するのはよくあるテクニックだが、あえて壁の手前で跳ね返ることによってタイミングをずらすテクニックだ。

この技術自体の効果は地味なのだが、高速回転しながら吹き飛ばされるような場合だと、壁を蹴るタイミングがわずかに違うだけで体の向きも大きく変わることになる。

最適なタイミングで跳ね返るからこそ、敵の攻撃でついた勢いを保持したまま的に突っ込めるのだ。

「お返しだ！」

ロイターはそう言って剣に魔法を付与し、敵に斬りつける。

だがロイターの一撃は、敵の剣によってあっさり弾かれた。

これはロイターも想定済みの展開だ。

というか元々、ロイターは跳ね返されるつもりで斬りつけていた。

そう思う根拠は、先ほどロイターが剣に付与していた魔法だ。

あの剣に、攻撃用の魔法はひとつも付与されていなかった。

付与されていたのは、最初の攻撃を受け止めたときと全く同じ、防御用の魔法だ。

今のロイターの剣は攻撃というよりも、『攻撃するふり』みたいなものと言っていい。

これも格上相手の戦い方として、俺が教えた通りだ。

攻撃が通らないまでも、一応は反撃の意思を見せることによって、相手を動きにくくさせる。

敵からすれば『あっさり防げる、無意味な攻撃だ』と思うだろうが、敵が無意味に見える行動をしている時には、何らかの理由や隠し玉がある場合が多い。

戦闘のレベルが上がれば上がるほど、単なる無意味な行動というのは少なくなるので、なおさら『これだけの防御魔法を見ながらも斬りつけてくるということは、何かあるに違いない』と言った感じで相手の警戒を誘うことができる。

この戦術を使う実戦はこれが初めてのようだが、なかなかうまく使えているようだな。


「軽い剣だ。……先ほどの一撃に耐えるとは大したものだが、力の差は明らか……いつまでもつか見ものだな」


敵はそう言いながらも、剣を構え直す。

すぐ追撃に来ないあたり、反撃によるブラフは成功しているようだな。

実際のところ、さっきの剣がクリーンヒットしたところで何の意味もないのだが、敵からしたら不気味だろう。


「そっちこそ、ヤバい力を使ってるんだろ？　長引かせても大丈夫なのかよ？」

「心配は無用だ。一度力を開放した以上は、少しくらい長引いても結果は変わらんさ。……我々が得た力を消費しきるより遥《はる》か前に、お前たちが全滅する」

……今の発言がわざとミスリードしたものでなければ、彼らの力は開放の瞬間にチャージされ、それからは力を使い切るまで、代償なく使えるようなもののようだ。

時間稼ぎが簡単なのであれば、彼らが言っていることが本当かどうか試してみてもいいが……これだけ異常な魔力量を持つ相手に戦いを長引かせるのは、魔力消費が大きすぎる。

などと考えていると、敵の1人——魔法使いの女が無言で俺に向かって攻撃魔法を展開し始めた。

敵が発動しようとしている魔法は、【ライトニング・スピア】——対人戦ではそれなりにメジャーな、雷系の攻撃魔法だ。

俺はそれを見て——何も反応せずに、敵の魔法に気付かないふりをした。

敵の魔力の動きを見る限り、その軌道は俺に当たらず、俺の頭上を素通りしていくようなものだ。

これは別に偶然や、敵が巨大すぎる魔力の扱いを間違ったということではない。

間違っているのは――敵の視覚や魔力探知だ。

俺は敵が力を開放した直後、一種の幻影魔法を発動し、敵にだけ見える俺の幻影を作り出した。視覚だけではなく魔力なども偽装することによって、魔法戦闘師すら欺く幻影だ。

そして敵の魔法は、俺の幻影に向けられていた。

巨大な力を持つ相手に対して、感覚を狂わせるというのは、ひとつの有効な戦術だ。どんなに強力な魔法であろうとも、敵に向けて使わなくては何の意味もない。

この戦術の欠点は、敵に幻影が効いているかどうかの判断に失敗すると、あっという間に致命傷を受けることだ。

いくら幻影魔法があろうとも、本体が急に動いたりすれば、空気や魔力などの動きによって簡単にバレてしまう。

かといって、敵が幻影に気付いていた場合、敵の魔法を見てから動いたのでは手遅れになる可能性が極めて高い。

幻影魔法を使う場合には、敵が攻撃を発動するよりも前から、敵が幻影に気付いているかを的確に判断しなければならない。
この便利な戦術を、俺がユリルやロイターに教えていない理由はそれだ。
それに……戦闘の上達という意味では、普通に戦う経験を積んだほうがいいからな。

この幻影魔法は俺のオリジナルだ。
二回目以降ならともかく、初見で見破るのは結構な実力が必要になる。
魔力を見る限り、見破られてはいないようだな。

などと思案しつつ、俺は敵の魔法が発動するのを待っていたのだが——。

「【イリス・バリアー】！」

敵が魔法を発動する前に、イリスが防御魔法を発動した。
……この魔法は俺がイリスに教えた、いくつかの魔法のうちの一つだ。
その名の通り、攻撃を防ぐ効果を持った魔法だ。
イリスはまだ、普通の魔法戦闘師が使う攻撃魔法の予兆を感じ取れるほどの力はない。

だが今の敵は人間ではありえないレベルの魔力を持っているからこそ、魔法発動の予兆も分かりやすい。

その上、彼女は特に術式を偽装しているわけでもないので、魔法を『読む』練習としては最適な相手と言っていいな。


まあ、術式を偽装しないというのは、それなりに正しい判断だ。

ここまで巨大な術式を隠そうとすると、偽装にも大掛かりな術式が必要となる。

敵は確かに凄《すさ》まじい魔力を得たが、魔力制御のほうは魔力自体ほど強化されていないようだ。

今の状態で魔力を偽装しようとすれば、魔法の発動に時間がかかりすぎる可能性が高い。

読まれたところでどうせ防がれないのだから、堂々と力技で押しつぶそうというわけだ。


おかげでイリスの防御魔法が間に合った。

別に放っておいても誰にも当たらない魔法なので、間に合わせる必要もなかったのだが、とにかく間に合った。

まあ、イリスにとっての練習にもなるだろうし、お手並み拝見と行くか。

「今の私の魔法が、防御魔法なんかで防げるとでも？」

敵は防御魔法を展開するイリスを嘲笑しながら、俺の幻影に向かって魔法を放つ。

そして、凄まじい魔力を帯びた【ライトニング・スピア】が、【イリス・バリアー】に激突した。

防御系の魔法というのは基本的に、攻撃系の魔法より繊細な魔力操作を必要とする。

攻撃魔法は、一部でも敵に届けば威力を発揮してくれるのに対し、防御魔法は敵の攻撃の１００分の１すら通すわけにはいかないのだから、少しの穴も許されないことになる……というのが、防御魔法が難しくなる理屈だ。

多くの攻撃魔法は、１００分の１の威力でも生身の人間に当たれば即死レベルだからな。

もちろん初心者のイリスが、そんな魔法を扱えるわけがない。

とはいえ戦場に出る以上、防御魔法の一つや二つは持っている必要がある。

いくら人外の硬さ（人間ではないので当然だが）を誇るイリスであろうとも、強力な攻撃魔法をそのまま喰《く》らえば危ないからな。

というわけで俺はイリスのために、魔力による力技でなんとかなるタイプの防御魔法を作った。

大雑把《おおざっぱ》に言ってしまうと、敵の攻撃に向かって魔力の嵐《あらし》をぶつけて、敵の魔法から魔力を削り取るような防御魔法だ。


この魔法は実のところ、人間にとっては不十分な魔法だ。

なにしろ魔力を削り取るとはいっても、術式が壊れなければ威力の一部は残る。

人間がこの防御魔法を使おうとすれば……たった一度で魔力を全《すべ》て使い果たした上、攻撃魔法の残骸を被弾して死ぬことだろう。

攻撃魔法の残骸くらいは生身で弾《はじ》き返《かえ》せるイリスだからこそ、この魔法を使えるというわけだ。


「分かんないです！　この防御魔法、初めて使うので！」

「……敵の質問なんか、真面目《まじめ》に答えないでいいんだぞ。だが、防御魔法はいいタイミングだ」


恐らくイリスは『防げるとでも？』と聞かれたから『分かんないです』と答えたのだろうが、そもそも相手の言葉は答えを期待したようなものではないと思う。

その上、自分から経験の浅さを白状するなど、駆け引きもクソもないが……まあイリスは対人戦の駆け引きとかよりも魔法自体の技術などを学んだほうがいい段階なので、特に指摘するつもりはない。

むしろイリス自身が敵の魔法発動を読み、的確なタイミングで防御魔法を発動したことを褒めるべきだろう。

イリスが魔法を習い始めてからの時間を考えると、防御魔法をただ使えるだけでも上出来なのだから。

「……何を言っている？」

そして駆け引きの面でも、イリスの言葉は意外とうまく機能したようだ。

敵は魔法の使い方や魔力を見ても、それなりに対人戦慣れした人間であることは明らかだ。

そういう人間が、全くの初心者を相手に駆け引きをするということはめったにない。

それこそ適当な攻撃魔法でも一発撃ち込めばおしまいなのだから、『駆け引き』などという状況になることがないのだ。

戦いを分かっている人間が、あえて駆け引きなどで分かっていないふりをすることはあるが、戦闘経験の多い者はそのくらいは簡単に見抜く。

だからこそ、本物の初心者であるイリスが本気で言ったことに対して困惑したというわけだ。

もちろん敵は、困惑したくらいで魔法の制御を失うような初心者ではない。

人間にとっては凄まじい魔力を誇る【イリス・バリアー】も【理外の術】によって異常な魔力を得た敵の魔法に比べれば、100分の1程度の魔力しか保持していない。

だが……敵の魔法が【イリス・バリアー】を貫くことはなかった。


「なっ……バカな！」


小さな爆発《ばくはつ》とともに消滅した魔法を見て、敵が驚きの声を上げる。

たった100分の1の魔力しか持たない防御魔法によって魔法を消滅させられたのだから、驚くのも無理はない。

それも、あんな単純な術式……というか魔法とすら呼べるのか怪しい代物によってだ。


「ほら、私の勝ちです！」

そう言ってイリスが勝ち誇る。

元々俺はこうなることを予想して、【イリス・バリアー】の構成を組んだ……わけではない。むしろ【イリス・バリアー】は、イリスの魔法に比べて10分の1の魔力しか持たない魔法すら満足に防げない欠陥魔法だ。

にも関《かか》わらず【イリス・バリアー】は、膨大な力を持つ敵の魔法を完全に防いでみせた。

それは、相手の魔法にも欠陥があったからだ。

敵が使った魔法……【ライトニング・スピア】は、対人戦で一般的に使われる魔法だ。

目立った威力はないが取り回しと魔力効率がいいため、使い方によって有用性が180度変わる、玄人好みの魔法と称されている。

【理外の術】を使った力技で威力はカバーできるので魔法の選択としては悪くないが、問題はこの魔法が、そこまで巨大な魔力を使った戦いを想定して組まれていないことだ。

この魔法は人を1人殺すのに必要十分な威力の攻撃を、最短で相手に叩《たた》き込《こ》むことを目的として設計されている。

そのため術式制御——放たれる雷の方向を決める部分も、短い時間と最低限の魔力で効果を発揮する、洗練された——悪く言えば余裕のない構成でできている。

だからといって、通常の戦闘で壊れるほど、この術式は脆くない。

仮にも対人戦闘用に組まれた魔法なのだから、大抵の妨害魔法には耐える程度に頑丈な構成になっているし、一ヵ所や二ヵ所を破壊されたくらいではビクともしない。

単純な魔力のぶつかりあいで、この魔法を破壊するのは極めて困難だ。

だからこそ、【理外の術】によって生まれた莫大な魔力に耐えて、敵は魔法の発動に成功したわけだ。

だが、魔力をぶつけることに特化した魔法である【イリス・ファイアー】と、莫大な魔力を持った【ライトニング・スピア】が激突した時、二つの魔法の魔力は逃げ場を失って圧縮された。

それも、生半可な魔力圧縮魔法など遥かに超える圧縮率だ。

過剰な魔力の圧縮は、魔素の融合による爆発を引き起こす。

その際に飛び散る超高速の魔素流は、空気などと衝突する中で1ミリにも満たない距離で勢いを失って無害化されるものだが……それまでの間は、あらゆる魔法に対して高い破壊力を発揮する。

【イリス・ファイアー】と【ライトニング・スピア】の接触面では、この爆発が連続的に発生し、二つの魔法術式はズタズタに引き裂かれたというわけだ。

頑丈な魔法であれば、魔力量の暴力でなんとか魔法としての形を維持できたかもしれないが、【ライトニング・スピア】では魔素融合に耐えられなかったようだな。

もっとも敵もイリスも、なぜ魔法が消えたのかまでは理解していないだろう。

二人が理解しているのは、イリスが敵の100分の1ほどの魔力で、敵の魔法を打ち消したという事実だけだ。

『何で私の魔法が消されるの⁉　こんなの聞いてないわよ！』

困惑した敵は、とっくに解読された暗号化通信魔法で相談を始めた。

敵に魔法研究者でもいれば、今起きたことを言い当てるかもしれないが……そんなことができる者がいるなら、最初からもっと別の魔法を使っているはずだ。

案の定、相手は明後日《あさって》の方向に推測を始めた。

『まさか……あのドラゴン、ガイアスが擬態してるのか⁉』

なんと彼らは、イリスの中身が俺なんじゃないかと考え始めたようだ。

……人間のままで、しかも第一紋のままでイリスみたいな魔力が手に入るのなら、それは素晴らしいことだが……残念ながら不可能だ。

というか本人が真横にいるのに、別人（別ドラゴン？）を俺なんじゃないかと疑い始めるのは面白《おもしろ》いな。

『……敵の魔法の術式自体は、複雑なものには見えなかった。魔力の扱いも初心者にしか見えないし、さすがにガイアスではないだろう。……敵の魔法が上手かったというよりは、クイアの魔法がピンポイントで対策されていたような感じだな』

そして女魔法使いは、クイアという名前のようだ。

まあ、これから死ぬ人間の名前を知ったところで、大した意味はないのだが。

もう少し話を聞きたいところだが、あまり黙って突っ立っていても怪しまれそうだな。

盗聴に気付かれて、わざと偽情報でも混ぜられたら面倒だ。

とりあえず、多少は反撃をしておくか。


「【ライトニング・スピア】」


俺は敵に向かって、雷系の攻撃魔法を撃ち込む。

あえて敵と同じ魔法を使ってみた。

すると……。


「【マジック・フォートレス】」


敵の一人が魔法を唱え、それを防いだ。

敵が使った【マジック・フォートレス】はただでさえ頑丈な防御魔法なのだが、異常な魔力量の影響もあって、まさに要塞《ようさい》という感じだ。

術式構成も頑丈なうえ、術式破壊対策として自己修復が組み込まれていて、魔力圧縮などで簡単に壊れるような代物でもない。

クラス11のふりをしながらの魔法では、これを貫くのは難しそうだな。

ただ、大本が【理外の術】であっても実際の術式は魔法なので、【純粋理外】などに比べれば対処がしやすいな。

理不尽な魔力は厄介だが、魔法理論が通じるというだけでだいぶ気楽だ。

少なくとも、何も分からないまま気付いたら死んでいた……みたいなことがないだけ、だいぶマシだと言っていいだろう。

『この拠点の場所を特定して殴り込んでいるだけあって、俺たちのことは下調べしてきたってわけか。……どこかの国クラスの組織がバックについているのかもしれないな』

『せめて最初の一撃で、1人くらいは殺したかったところだが……』

『じゃあ、俺があの女を殺せばいいな。あいつらが知らない魔法を使えばいいんだろ？』

敵はそう言って、ユリルに向かって魔法を起動し始めた。

できれば組織内部のことなどについて暗号化通信魔法で話してくれればありがたかったのだ

が、さすがに戦闘中に雑談はしてくれないか。

……敵が構築している魔法は、俺も初めて見るものだ。

正直なところ、あまり強そうな魔法とは言えない。

術式はあちこち無駄なところがあるし、魔法学をちゃんと勉強していない魔法戦闘師が、『こんな魔法作ったら強いんじゃないか？』とか言って適当に作ったような代物だ。

魔法構成を読む限り、恐らくこれは膨大な魔力をとにかく炎に変換し、魔力と熱で敵を吹き飛ばす魔法だな。

これに似ている魔法があるとしたら、それは【イリス・ファイアー】だな。

さすがにあそこまで非効率な魔法ではないが、魔力効率度外視で威力を追求しているという意味では同じだ。

だがこれは、この戦いで見た魔法の中では1番マシな魔法と言えるかもしれない。

魔法としての完成度は決して高いとは言えないが、【理外の術】の特性をよく生かしている。

魔力ならいくらでもあるのだから、効率など捨てて魔力量で圧殺すればいいのだ。

先ほどまでの会話の内容を考えると……これは彼が今この場で考えたオリジナル魔法かもしれないな。

燭天会の情報が漏《も》れているとしても、彼の頭の中にしかない魔法であればピンポイントな対策はできないというわけだ。

厳密なことを言うと、即興の術式が相手でも見てから対策を立てられないわけではないのだが……今のユリルではまだ無理だろうし。

（偶然とはいえ）魔法が防がれたのを見て情報漏洩《ろうえい》の可能性を察し、その場で即興の術式を組むことによって対策してくるあたり、やはり対人戦慣れしているな。

だが、ユリルに教えた『格上への対処法』は、敵の魔法の種類を問わずに使えるものだ。

そもそも格上相手では術式など読ませてもらえない場合だって多いのだから、それでも戦える方法を教えている。


「……今！」


敵の魔法が発動した瞬間、ユリルも魔法を起動した。

魔法名を宣言しないのは、この魔法で俺たちと連携をする気はないからだ。

そもそも、魔法名など悠長に宣言している暇がないという理由もあるが。

炎が迫る中、ユリルの目の前に防御魔法が展開され——その防御魔法は、わずか半秒ほどで砕け散った。

ユリルがいた場所を、敵の放った炎が襲う。

「ふはは！　やっぱり、これは防げないか！」

敵はそう言って勝ち誇った顔をする。

だがイリスもロイターも、慌てた様子は見せなかった。

ユリルの防御魔法が破られるのは、俺たちにとって見慣れた光景だったからだ。

そして、予想通りの光景でもある。

「当たらない魔法なんて、防ぐ必要あるんですか？」

炎が収まった後、ユリルは近くの物陰から姿を現した。

「なっ……まさかリメインの時と同じように、我々の転移阻害を破ったのか⁉」


リメイン……邪竜《じゃりゅう》リメインか。懐かしいな。

確かにあれを倒した時には、転移阻害を破壊して乱入した。

あの時の情報はあまり伝わっていないはずだが、転移阻害が壊れたことなどは魔力の状況から分かりやすいからな。


魔法戦闘師が相手を殺すつもりで戦う時には、転移阻害を使うのが普通だ。

もし相手が転移阻害を使ってきたとしても、自分でも転移阻害を使って、二重の転移阻害の中で戦うことも多い。

基本的に、一方的に相手だけが好きなタイミングで転移魔法を使えるというのは不利だからな。


しかし今回、俺たちは転移阻害を展開しても、破壊してもいない。

ここに展開された転移阻害はかなり強力で、【完全魔力偽装】を使いながら破壊できるような代物ではない。

そして敵が転移阻害を解除した場合、俺たちは好きに侵入して好きに逃げることができるので、（少なくとも今のところは）解除される心配もないというわけだ。

では転移魔法を使わずに、なぜユリルはあの魔法を避けられたのか。

それは極めて簡単なことだ。

ユリルが敵の魔法に対して発動した結界魔法は、俺が独自に作った特殊な魔法だ。

あれは意図的に魔力圧縮と魔素融合を引き起こし続けることによって、近づく魔法を全て破壊する。

その余波によって自分自身の術式も破壊してしまうため、せいぜい半秒しかもたないのだが……その半秒の間では、極めて高い防御力を発揮する魔法だ。

しかも、敵の魔法が大量の魔力を含んでいればいるほど魔力の圧縮効率が上がり、術式破壊力は上がっていく。

まさに格上の攻撃を半秒だけ食い止めるための魔法だ。

そして半秒稼ぐことができれば、急加速と急減速を組み合わせた移動魔法によって逃げることができる。

もちろん無理な加減速なので魔力消費や体への負担が大きく、直後に回復魔法を使う必要があるというデメリットは存在するが、高威力の魔法をそのまま浴びるよりはずっとマシだろう。

……まあ、こういった対処ができるのも、敵の戦い方が下手だからなんだけどな。

敵がもし余波が小さく、ユリルの動きを見てすぐに追撃ができるような攻撃を仕掛けていたら、こうも簡単にかわすことはできなかった。

広範囲を炎で焼き払うなんて、追撃はしないから逃げてくれと言っているようなものだ。


格下を確実に倒す戦い方のセオリーは、相手がギリギリ『防げる』程度の威力の魔法を連発して、相手の魔力を削り切ることだ。

基本的に防御魔法は似たような強度の攻撃魔法に比べて消費魔力が多いため、同格同士でも片方が一方的に攻撃を防ぐ展開になると、魔力切れに追い込まれることになる。

実力差がある場合はなおさらで、攻撃を防ぐのに精いっぱいになってしまえば反撃も来ないため、極めて安全に勝てるというわけだ。

放つ攻撃魔法の威力も小さいので、放つ際の隙も小さくできるしな。

『落ち着いて。リメインの時の転移魔法は、すり抜けられたんじゃなくて破壊されたはずよ。

今回は違うわ』

『じゃあ、どうやって……』

『加速系の魔法を使って避けたんだと思うわ。魔力消費が多いから、そう多用できる手ではないはずよ』

どうやら今回は見抜かれたようだな。

攻撃の回避手段としてはメジャーなものなので、仕方がないところだ。

『厄介な相手だけどガイアスはいないみたいだし、これなら私たちだけで倒せそうね』

『ああ。多少は対策を用意してきたみたいだが、向こうの攻撃じゃ俺たちの防御魔法を破れない。対策が尽きるのを待てばいい』

どうやら俺はいないことになったようだ。

これで、通信魔法で変なことを伝えられる心配はなくなったな。

まあ、たしかに彼らは魔法的な力という意味では、結構強くなったみたいだが……使い方がなっていないな。

この程度なら、クラス11のふりをしたままでも倒せる。


そろそろカタをつけるか。

偽装がバレてしまわないかが気がかりなところではあるが、ここであまり魔力を無駄遣いもしたくはないしな。

イリスの魔力は無限みたいなものだが、俺たち3人の魔力は有限だ。


そう考えて、俺が動こうとした時——敵が妙な動きを見せた。

対人戦においては、まずあり得ない動き……そして今の彼らの力を考えると、なおさらあり得ない動きだ。


「特殊魔力エンチャント！」

敵は収納魔法から魔石を取り出して砕くと、剣に特殊魔力エンチャントを付与してロイターに斬りかかった。

特殊魔力エンチャントは、魔石に含まれた魔素を使うことによって、自分の魔力をあまり使わずに高威力の付与を実現する魔法だ。

連続発動しすぎると魔力災害を引き起こす危険はあるが、対魔物戦闘においては花形と言ってもいい魔法。

だが対人戦闘においては、一度使っただけで初心者扱いを受けてしまうような魔法だ。

「おっと」

敵の斬撃を、ロイターはあっさりと回避した。

特殊魔力エンチャントは魔石によって自分の魔力を温存できるが、魔石から放出される魔素は当然ながら、自分の魔力ほど扱いやすいものではない。

そのため、この魔法は発動が遅くて読みやすい上に、タイミングをずらすようなこともできないため、威力より駆け引きが重視される対人戦闘では実用性が低いのだ。

相手は確かに戦い方が下手だったが、それは【理外の術】の生かし方がなっていないというだけで、普通の魔法戦闘に関してはそこまでひどくはなかった。

もちろん決して上手とは言えなかったが……対人戦闘で『特殊魔力エンチャント』を使うほどの初心者にも見えない。

となると……あれは恐らく、通信魔法の代わりだな。

敵の暗号化通信魔法は確かに盗聴が難しいが、通信妨害対策に関しては普通だ。

魔力を遮断する方法は色々とあるため、魔力に頼った通信は妨害も受けやすい。

妨害の方法によっては、通信妨害を受けていることにすら気付けないというのも厄介なところだ。

そのため、絶対に伝えなければならない情報は、通信魔法以外の方法を使うようなケースがある。

『特殊魔力エンチャント』は余波が大きく痕跡も残りやすいため、ごく簡単な情報を伝えるのに使われたりする。

例えば偵察をする時、偵察員に『敵がいたら特殊魔力エンチャントを使え』と言っておいて、撒《ま》き散らされた魔力を遠くから検知することによって、通信妨害をすり抜けて敵の場所を報告できるわけだ。

問題は敵がどんな情報を伝えるために魔法を使ったかだが……恐らく俺たちの正体に関してなんらかの推測があって、その結果が合っていたかどうかを伝えるために特殊魔力エンチャントを使ったのだろう。

敵の会話から推測すると、たとえば『ガイアスがいなければ特殊魔力エンチャントを使え』とかだろうな。


もちろん俺が【完全魔力偽装】を使っていなかった場合、敵に出会った瞬間に全滅させるような戦い方もできる。

だが、その場合も結局は『特殊魔力エンチャント』が使われないことになるので、情報としては間違ったことにならないわけだ。


そういう意味では、『ガイアスがいない』ほうを『特殊魔力エンチャントを使う』ほうに設定したのは合理的だな。

敵が弱いか強いかで言うと、『通信代わりの魔法を使う』を弱いほうに設定するのはセオリー通りだ。

もっとも、伝える内容の中身が間違っていたら、何の意味もないのだが。

『これ、やる必要あったの？　殺した後で報告すればいいだけじゃない？』

『一応は命令だからな』

敵の会話からしても、今のは情報伝達で間違いなかったようだ。

肝心の内容までは言ってくれないようだが、『特殊魔力エンチャント』を使わせた時点で、偽装はうまくいったと言っていいだろう。

つまり、これで心置きなく敵を倒せるというわけだ。

とはいえ……あまり技術力に関して警戒されるのも微妙なところだし、少しカムフラージュしておくか。

「そろそろ反撃するか。……イリス、あれを使っていいぞ」

「それって……【イリス・ファイアー】じゃないほうですか⁉」

「ああ。新しいほうの魔法だ」

「分かりました！」

実はイリスが使える攻撃魔法は、【イリス・ファイアー】だけではない。

【イリス・ファイアー】の上の段階として用意した【イリス・ファイアー2】はまだ使えないが。別のタイプの攻撃魔法を教えたのだ。

技術的にはそこまで進歩していないため、練習ではあまり使わせていない魔法だったのだが……実戦的には有用な魔法だ。

「おいおい、わざわざ宣言してから反撃するなんて、防いでくれって言ってるのか？」

「わざと防御魔法を使わせるためのブラフかもしれないわ。……まあ魔力なんていくらでもあるんだから、とりあえず防いでおくけどね」

そう言って敵は防御魔法を展開した。

術式は先ほどと同じ【マジック・フォートレス】。

想定通りだな。

「いきます！　……【イリス・バースト】！」

イリスはそう言って、魔法を発動した。

すると【イリス・ファイアー】のような炎が吹き出し、敵へと襲いかかった。

敵の【マジック・フォートレス】は、その炎をあっさり受け止めた。

だが……イリスの炎は止まらない。

炎は連続的に吹き出し続け、【マジック・フォートレス】を炙《あぶ》り続ける。

これが【イリス・バースト】。

【イリス・ファイアー】の術式構成を改変し、連続的な発動を可能とした、燃費最悪の魔法だ。

もちろん、本来なら敵の【マジック・フォートレス】にはこのレベルの魔法を受け止め続けられるだけの強度があるはずなのだが……結界には甲高い音とともに、ひびが入り始めた。

「い、今の私の結界が、この程度の魔法で壊れるわけが……」

「お……俺も加勢する！」

「俺もだ！」

危機を察した敵は、次々と結界魔法を展開する。

だが無駄だった。

【イリス・バースト】を前に、結界は次々と砕け散っていく。

これはイリスの膨大な魔力によって結界が押しつぶされたから……ではない。

魔力量で言えば、敵の結界のほうがずっと多いし、敵の結界が適切に組まれていれば破壊など不可能だ。

結界が壊れた理由は、彼ら自身にある。

敵は確かに高い魔法力を得たが、魔法制御力はそこまで飛躍的に上がってはいない。

そのため増えすぎた魔力を完璧《かんぺき》には扱いきれず、魔法の制御が甘くなっていたのだ。

強力な結界魔法は術式の自己修復能力を持つが、展開中の術式を修復するためには、かなりシビアな魔力制御が求められる。

制御の甘い魔力でも直ることは直るのだが、修復した部分がわずかに歪んでしまうのだ。

もちろん、多少の歪みで壊れるほど、高位防御魔法は脆くない。

だが連続的に吹き付ける【イリス・バースト】によって術式を削られ続け、修復のたびに歪みが蓄積していくなら話は別だ。

どこかで術式は限界を迎え、崩壊を迎えることになる。

制御の甘い防御魔法に対して、【イリス・バースト】は理不尽なまでの強さを発揮するのだ。

「や、やめろ……やめろおおおぉ！」

敵の断末魔は、イリスの炎が立てる轟音《ごうおん》にかき消された。

そして防御魔法を打ち破った炎が、３人の敵をまとめて焼き尽くす。

「よくやった」

俺はそうイリスを褒める。

実はさっき、【イリス・バースト】も少し制御を崩していたのだが……なんとか最後まで魔法を維持できたのは上出来と言っていいだろう。

制御の甘い防御魔法を撃ち抜く方法は他にもあったのだが、こんな倒し方をしたのには、俺たちの本当の力を隠すためだ。

これだけ派手に暴《あば》れておいて、力を隠すもなにもないような気もするが……イリスが高位のドラゴンだということはすでにバレているはずなので、イリスの魔法が派手なぶんには問題がない。

敵はイリスの魔法力というよりは、『ドラゴンごとき』に3人が倒されたことに驚くことだろう。

魔力量でいえば、敵のほうが遥かに上だったのだから。

もちろん、敵が制御の甘さという欠点に気付いていた可能性はある。

そして【イリス・バースト】のような力技に弱いという弱点も、知っていたかもしれない。

だが、その弱点がバレているということまでは、敵も想定していなかったはずだ。

でなければイリスに対して、あんなに無防備に結界魔法を張ることはなかっただろうしな。

基本的にドラゴンはあまり対人戦闘に向かない存在だ。

そんなドラゴンをわざわざ連れてきたのを見た場合、敵の自然の反応は例えば、『スパイを疑う』などだ。

スパイによって彼らの弱点……魔力の制御の甘さをバラされ、その対策としてドラゴンを用意した……そう考えると、わざわざドラゴンを連れてきた理由にも説明がつく。

要は俺たちの勝利を、俺たちの実力ではなく『俺たちの背後にいる組織の諜報力《ちょうほう》』などに見せかけようというわけだ。

俺たちの実力を低く見せかければ、相手が逃げに転じるのを遅らせられるからな。

対策の裏をかくか、対策されていないであろう力で倒せば問題ない……そう考えてくれれば目的は達成だ。

あとがき

はじめましての人ははじめまして。そうでない人はこんにちは。進行諸島《しんこうしょとう》です。

3巻で初めて本シリーズに触れた方もいらっしゃると思うので、まずは内容の紹介から入りたいと思います。


本シリーズは、スタート時点ですでに（誰もが認めるような）世界最強の主人公が、さらに強くなることを目指して戦うシリーズです。

人間の限界すらとっくに超え、伝説や神話のような存在になっている主人公ですが、実はまだ彼は自分の強さには満足していません。

当然、この惑星にはもっと強い相手などいないのですが……彼が目指しているのはその星での『世界最強』などではなく『宇宙最強』なのです。


また拙作『失格紋の最強賢者』の読者の方はお気付きかと思いますが、これは『失格紋』主人公であるガイアスの前世のお話です。

とはいえ『失格紋』をご存知ない方も楽しんで頂けるよう、前作の知識を前提とした描写は一切ありませんので、『失格紋』の読者さんや漫画からいらっしゃった方も、安心して楽しんでいただければと思います。

なお『失格紋』での前世絡みのお話と一部食い違っている部分もありますが、この食い違いの理由は今後明らかになっていく予定です！

以上、シリーズの内容紹介でした！

さて、前巻からの読者の方の中には、3年以上も間が空いたことや、コミックが原作を追い越していることに疑問をお持ちの方もいらっしゃるかもしれません。

実はこの原稿のほうは、もう2年近くも前に完成していました。

コミックの原作超過分は、その原稿をもとに描いて頂いたものになります。

色々と事情がありまして刊行が遅れましたが、関係者の方々の尽力のお陰もありまして、なんとか小説版も3巻を出すことができました。

また3巻の刊行に様々な方が尽力して下さったのは、2巻までを読んで頂いた読者の皆様のお陰です。本当にありがとうございます。

なお刊行が遅れた理由は明かせないのですが、イラストレーターさんや出版社さんが悪い訳ではないので、関係各所への苦情などはご容赦願います。

お待たせせして申し訳ございません。


と、まだ謝辞《しゃじ》に入ってもいないのに謝辞みたいなことを書き始めることになってしまったので、本当に謝辞に入ろうと思います。

原稿執筆当初に内容面などのアドバイスを下さった、前担当編集様。

3巻を小説として出版するために尽力して下さった、現担当編集様、および編集部の皆様。

素晴《すば》らしい挿絵《さしえ》を描いてくださった風花風花《かざばなふうか》様。

コミカライズを描いて下さっている、Ｆｒｉｅｎｄｌｙ Ｌａｎｄの月澪《ルナミ》様、彭傑《ポンジェー》様、およびアシスタントの皆様。

それ以外の立場から、この本に関わってくださっている方々。

そしてこの本を手にとってくださっている、読者の皆様。

この本を出すことができるのは、皆様のおかげです。ありがとうございます。


最後に宣伝《せんでん》です！

本シリーズの主人公が転生し、念願の第四紋を得て最強を目指すシリーズ『失格紋の最強賢者』のコミック26巻が、今月発売します！

こちらも主人公最強ものとなっていますので、興味を持って頂けた方はぜひ、こちらも手にとっていただければと思います！

それでは、また次巻で皆様にお会い出来ることを願いつつ、後書きとさせていただきます。

進行諸島

ファンレター、作品の
ご感想をお待ちしています

〈あて先〉

〒105-0001
東京都港区虎ノ門2-2-1
SBクリエイティブ(株)
GA文庫編集部 気付

「進行諸島先生」係
「風花風花先生」係

本書に関するご意見・ご感想は
右の QR コードよりお寄せください。

※アクセスの際や登録時に発生する通信費等はご負担ください。

https://ga.sbcr.jp/

殲滅魔導《せんめつまどう》の最強賢者3

無才の賢者、魔導を極め最強へ至る

発　行　　2024年3月31日　初版第一刷発行

著　者　　進行諸島

発行者　　小川　淳

発行所　　SBクリエイティブ株式会社

〒105-0001

東京都港区虎ノ門2-2-1

装　丁　　AFTERGLOW

印刷・製本　中央精版印刷株式会社

ISBN978-4-8156-2472-9

Printed in Japan　　GA文庫

最強のさらにその先を目指す、
戦う魔法使いの物語！
進行諸島先生×
風花風花先生の
大ヒットファンタジーを
殲滅魔導の最強賢者
無才の賢者、魔導を極め最強へ至る
原作：進行諸島（GAノベル／SBクリエイティブ刊）
キャラクター原案：風花風花
漫画：月澪＆彭傑（Friendly Land）
(c) Shinkoshoto / SB Creative Corp.Original Character Designs: (c) Huuka Kazabana / SB Creative Corp.

コミカライズ！
マンガUP！にて
大好評連載中！
最強を目指す、
戦う魔法使いの物語！
失格紋の最強賢者
～世界最強の賢者が更に強くなるために転生しました～
原作：進行諸島（GAノベル／SBクリエイティブ刊）
キャラクター原案：風花風花
漫画：肝匠＆馮昊（Friendly Land）

「失格紋の最強賢者」ペアが贈る、
もう一つの異世界最強譚
異世界転生×賢者＝無双!?

マンガUP!
にて
大好評連載中
!!!
転生賢者の異世界ライフ
～第二の職業を得て、世界最強になりました～
原作 進《しん》行《こう》諸《しょ》島《とう》 (GAノベル／SBクリエイティブ刊)
漫画 彭《ボン》傑《ジェー》 (Friendly Land)
キャラクター原案 風《かざ》花《ばな》風《ふう》花《か》
©Shinkoshoto / SB Creative Corp.

試読版は
こちら!

試読版は
こちら!

試読版は
こちら!

試読版は
こちら!

試読版は
こちら!

第17回 GA文庫大賞
GA文庫では10代~20代のライトノベル読者に向けた
魅力溢れるエンターテインメント作品を募集します!
書く、その先へ。
イラスト/はねこと
大賞賞金300万円+コミカライズ確約!
◆募集内容◆
広義のエンターテインメント小説(ファンタジー、ラブコメ、学園など)
で、日本語で書かれた未発表のオリジナル作品を募集します。希望者
全員に評価シートを送付します。
※入賞作は当社にて刊行いたします。詳しくは募集要項をご確認下さい。
全入賞作品を刊行までサポート!!
応募の詳細はGA文庫公式ホームページにて
https://ga.sbcr.jp/